dtv

Neues von der «Queen of Crime»

Hercule Poirot ist mit Sicherheit einer der bekanntesten und beliebtesten Ermittler in der Kriminalliteratur. Er hat Stil, hat Klasse, aber vor allem ist er ein Exzentriker. Seine berühmte Autorin Agatha Christie nannte den kleinen belgischen Herkules «the complete egoist», also durch und durch egoistisch. Und ihn als ein wenig eingebildet zu bezeichnen, ist noch untertrieben. Doch in der Tat: Poirots berühmten grauen Zellen, die seinen Freund Hastings stets alt aussehen lassen, ist es auch in diesen vier spannenden Geschichten zu verdanken, dass etwa das «Rätsel von Cornwall» enthüllt oder der Wertpapierdiebstahl auf einer Schiffspassage nach Amerika aufgeklärt wird.

Agatha Christie (1890–1976), die «Queen of Crime», gilt mit über zwei Milliarden verkauften Büchern als erfolgreichste Krimiautorin aller Zeiten. Sie hat 66 Romane, Kurzgeschichten und Bühnenstücke veröffentlicht. Neben der grandiosen Miss Marple zählt Hercule Poirot zu ihren unvergesslichen Ermittlern. Viele ihrer Romane und Geschichten waren bereits zu Lebzeiten sehr erfolgreich und wurden mehrfach verfilmt.

Agatha Christie

Hercule Poirot detects
Hercule Poirot ermittelt

Vier spannende Fälle

Aus dem Englischen von
Richard Fenzl

Deutscher Taschenbuch Verlag

dtv zweisprachig

Ausführliche Informationen über
unsere Autoren und Bücher
finden Sie auf unserer Website
www.dtv.de

Originalausgabe 2013
2. Auflage 2015
Deutscher Taschenbuch Verlag GmbH & Co. KG,
München
‹The Cornish Mystery› und ‹The Chocolate Box›
in: ‹Poirot's Early Cases› short story collection
© 1974 Agatha Christie Limited. All Rights
Reserved. ‹The Tragedy at Marsdon Manor› und ‹The
Million Dollar Bond Robbery› in: ‹Poirot Investigates›
short story collection © 1924 Agatha Christie Limited. All
Rights Reserved. AGATHA CHRISTIE® POIROT® are
registered trademarks of Agatha Christie Limited in the
UK and/or elsewhere. All Rights Reserved.
© für die deutsche Übersetzung
Deutscher Taschenbuch Verlag 2013
Umschlagkonzept: Balk & Brumshagen
Umschlagbild: bridgemanart.com/The Stapleton Collection
Satz: Greiner & Reichel, Köln
Druck und Bindung: Kösel, Krugzell
Gedruckt auf säurefreiem, chlorfrei gebleichtem Papier
Printed in Germany · ISBN 978-3-423-09514-3

The Million Dollar Bond Robbery · Der Millionen-Diebstahl   6 · 7

The Cornish Mystery · Das Rätsel von Cornwall   32 · 33

The Chocolate Box · Die Pralinenschachtel   70 · 71

The Tragedy at Marsdon Manor · Die Tragödie von Marsdon Manor   108 · 109

The Million Dollar Bond Robbery

"What a number of bond robberies there have been lately!" I observed one morning, laying aside the newspaper. "Poirot, let us forsake the science of detection, and take to crime instead!"

"You are on the – how do you say it? – get-rich-quick tack, eh, *mon ami*?"

"Well, look at this last *coup*, the million dollars' worth of Liberty Bonds which the London and Scottish Bank were sending to New York, and which disappeared in such a remarkable manner on board the *Olympia*."

"If it were not for *mal de mer*, and the difficulty of practising the so excellent method of Laverguier for a longer time than the few hours of crossing the Channel, I should delight to voyage myself on one of these big liners," murmured Poirot dreamily.

"Yes, indeed," I said enthusiastically. "Some of them must be perfect palaces; the swimming-baths, the lounges, the restaurant, the palm courts – really, it must be hard to believe that one is on the sea."

"Me, I always know when I am on the sea," said Poirot sadly. "And all those bagatelles that you enumerate, they say nothing to me; but, my friend, consider for a moment the geniuses that travel as it were incognito! On board these floating palaces, as you so justly call them, one would meet the elite, the *haute noblesse* of the criminal world!"

I laughed.

"So that's the way your enthusiasm runs! You

Der Millionen-Diebstahl

«Wie viele Wertpapiere doch in letzter Zeit gestohlen worden sind!», bemerkte ich eines Morgens und legte die Zeitung beiseite. «Poirot, geben wir doch die Kunst der Ermittlung auf und schlagen stattdessen selbst die Verbrecherlaufbahn ein!»

«Sie steuern wohl auf dem Kurs – wie sagt man doch? – ‹Reichtum im Schnellverfahren›, *mon ami*?»

«Nun, sehen Sie sich diesen letzten *Coup* an, die Liberty-Papiere im Wert von einer Million Dollar, die von der ‹London and Scottish Bank› nach New York geschickt wurden und auf so merkwürdige Weise von Bord der ‹Olympia› verschwunden sind.»

«Wären da nicht die Seekrankheit und die Schwierigkeit, die ausgezeichnete Laverguier-Methode auf eine Kanalüberquerung anzuwenden, die länger als ein paar Stunden dauert, fände ich es ausgesprochen vergnüglich, selbst auf einem der großen Dampfer zu reisen», murmelte Poirot träumerisch.

«Ja, tatsächlich», sagte ich begeistert. «Einige von ihnen müssen wahre Paläste sein: Schwimmbäder, Salons, Speisesaal, Palmenhöfe – wirklich, man kann wohl schwerlich glauben, dass man sich auf See befindet.»

«Ich meinerseits weiß immer, wann ich mich auf See befinde», bemerkte Poirot traurig. «Und alle diese Dinge, die Sie aufzählen, bedeuten mir nichts; doch denken Sie, mein Freund, einen Augenblick lang an die genialen Menschen, die sozusagen incognito reisen! An Bord dieser schwimmenden Paläste, wie Sie so treffend sagen, würde man der Blüte, dem *Hochadel* der Verbrecherwelt begegnen!»

Ich lachte.

«In diese Richtung zielt also Ihre Begeisterung! Sie hätten

would have liked to cross swords with the man who sneaked the Liberty Bonds?"

The landlady interrupted us.

"A young lady as wants to see you, Mr Poirot. Here's her card."

The card bore the inscription: Miss Esmée Farquhar, and Poirot, after diving under the table to retrieve a stray crumb, and putting it carefully in the waste-paper basket, nodded to the landlady to admit her.

In another minute one of the most charming girls I have ever seen was ushered into the room. She was perhaps about five-and-twenty, with big brown eyes and a perfect figure. She was well-dressed and perfectly composed in manner.

"Sit down, I beg of you, mademoiselle. This is my friend, Captain Hastings, who aids me in my little problems."

"I am afraid it is a big problem I have brought you today, Monsieur Poirot," said the girl, giving me a pleasant bow as she seated herself. "I dare say you have read about it in the papers. I am referring to the theft of Liberty Bonds on the *Olympia*." Some astonishment must have shown itself on Poirot's face, for she continued quickly: "You are doubtless asking yourself what have I to do with a grave institution like the London and Scottish Bank. In one sense nothing, in another sense everything. You see, Monsieur Poirot, I am engaged to Mr Philip Ridgeway."

"Aha! and Mr Philip Ridgeway –"

"Was in charge of the bonds when they were stolen. Of course no actual blame can attach to him, it was not his fault in any way. Nevertheless, he is half distraught over the

gern die Klingen gekreuzt mit dem Mann, der die Liberty-
Papiere geklaut hat?»

Die Hauswirtin unterbrach unser Gespräch.

«Eine junge Dame möchte Sie sprechen, Monsieur Poirot. Hier ist ihre Karte.»

Die Visitenkarte trug die Aufschrift: Miss Esmée Farquhar, und nachdem Poirot unter den Tisch abgetaucht war, um einen herumliegenden Krümel aufzuheben und ihn gewissenhaft in den Abfallkorb zu werfen, gab er der Wirtin mit einem Kopfnicken zu verstehen, sie möge die Dame hereinbitten.

Kurz darauf wurde eines der reizendsten jungen Mädchen, das ich je gesehen habe, in das Zimmer geleitet. Sie war vielleicht fünfundzwanzig, hatte große braune Augen und eine wunderbare Figur, sie war gut gekleidet und machte einen tadellosen Eindruck.

«Nehmen Sie bitte Platz, Mademoiselle. Das ist mein Freund, Captain Hastings, der mir bei meinen kleinen Problemen behilflich ist.»

«Ich fürchte, es ist ein großes Problem, mit dem ich heute zu Ihnen komme, Monsieur Poirot», sagte das Mädchen und nickte mir freundlich zu, als sie sich setzte. «Sie werden schon in der Presse davon gelesen haben. Ich spreche von dem Diebstahl der Liberty-Wertpapiere auf der ‹Olympia›.»

Leichtes Erstaunen muss sich auf Poirots Gesicht abgezeichnet haben, denn die Dame fuhr rasch fort: «Sie fragen sich sicher, was ich mit einer ehrwürdigen Einrichtung wie der ‹London and Scottish Bank› zu tun habe. Einerseits nichts, andererseits sehr viel. Wissen Sie, Monsieur Poirot, ich bin mit Mr Philip Ridgeway verlobt.»

«Aha! Und Mr Philip Ridgeway ...»

«Ihm waren die gestohlenen Wertpapiere anvertraut. Natürlich kann man ihm keinen Vorwurf machen, ihn traf keine Schuld. Dennoch ist er ziemlich niedergeschmettert angesichts dieser Geschichte, und wie ich weiß, behauptet

matter, and his uncle, I know, insists that he must carelessly have mentioned having them in his possession. It is a terrible setback to his career."

"Who is his uncle?"

"Mr Vavasour, joint general manager of the London and Scottish Bank."

"Suppose, Miss Farquhar, that you recount to me the whole story?"

"Very well. As you know, the Bank wished to extend their credits in America, and for this purpose decided to send over a million dollars in Liberty Bonds. Mr Vavasour selected his nephew, who had occupied a position of trust in the Bank for many years and who was conversant with all the details of the Bank's dealings in New York, to make the trip. The *Olympia* sailed from Liverpool on the 23rd, and the bonds were handed over to Philip on the morning of that day by Mr Vavasour and Mr Shaw, the two joint general managers of the London and Scottish Bank. They were counted, enclosed in a package, and sealed in his presence, and he then locked the package at once in his portmanteau."

"A portmanteau with an ordinary lock?"

"No, Mr Shaw insisted on a special lock being fitted to it by Hubbs. Philip, as I say, placed the package at the bottom of the trunk. It was stolen just a few hours before reaching New York. A rigorous search of the whole ship was made, but without result. The bonds seemed literally to have vanished into thin air."

Poirot made a grimace.

"But they did not vanish absolutely, since I gather that they were sold in small parcels within half an

sein Onkel nachdrücklich, Philip müsse leichtsinnigerweise erwähnt haben, dass sich die Papiere in seinem Besitz befanden. Es ist ein entsetzlicher Rückschlag für seine Karriere.»

«Wer ist sein Onkel?»

«Mr Vavasour, einer der beiden Generaldirektoren der ‹London and Scottish Bank›.»

«Wie wär's, Miss Farquhar, wenn Sie mir die ganze Geschichte erzählten?»

«Sehr gern. Wie Sie wissen, wollte die Bank ihr Kreditgeschäft auf Amerika ausdehnen und beschloss daher, eine Million Dollar an festverzinslichen Liberty-Wertpapieren hinüberzuschicken. Mr Vavasour wählte seinen Neffen für die Reise aus. Er hatte nämlich in der Bank seit vielen Jahren eine Vertrauensstellung und kannte sich mit allen Einzelheiten der Bankgeschäfte in New York aus. Am 23. stach die ‹Olympia› von Liverpool aus in See, und am Morgen jenes Tages wurden Philip die Wertpapiere durch Mr Vavasour und Mr Shaw, die beiden Direktoren der ‹London and Scottish Bank›, ausgehändigt. Die Papiere wurden gezählt, zu einem Paket verschlossen und in seiner Gegenwart versiegelt. Daraufhin sperrte er das Paket sofort in seinen Koffer.»

«Ein Koffer mit gewöhnlichem Schloss?»

«Nein, Mr Shaw bestand auf einem von der Firma Hubbs dafür gefertigten Spezialschloss. Philip verstaute das Paket, wie gesagt, unten im Koffer. Es wurde gerade ein paar Stunden vor der Ankunft in New York gestohlen. Das ganze Schiff wurde gründlich durchsucht, doch ohne Erfolg. Die Wertpapiere schienen sich buchstäblich in Luft aufgelöst zu haben.»

Poirot verzog das Gesicht.

«Sie verschwanden aber nicht völlig, denn wie ich gehört habe, wurden sie binnen einer halben Stunde, nachdem die

hour of the docking of the Olympia! Well, undoubtedly the next thing is for me to see Mr Ridgeway."

"I was about to suggest that you should lunch with me at the ‹Cheshire Cheese›. Philip will be there. He is meeting me, but does not yet know that I have been consulting you on his behalf."

We agreed to this suggestion readily enough, and drove there in a taxi.

Mr Philip Ridgeway was there before us, and looked somewhat surprised to see his fiancée arriving with two complete strangers. He was a nice-looking young fellow, tall and spruce, with a touch of greying hair at the temples, though he could not have been much over thirty.

Miss Farquhar went up to him and laid her hand on his arm.

"You must forgive me acting without consulting you, Philip," she said. "Let me introduce you to Monsieur Hercule Poirot, of whom you must often have heard, and his friend, Captain Hastings."

Ridgeway looked very astonished.

"Of course I have heard of you, Monsieur Poirot," he said, as he shook hands. "But I had no idea that Esmée was thinking of consulting you about my – our trouble."

"I was afraid you would not let me do it, Philip," said Miss Farquhar meekly.

"So you took care to be on the safe side," he observed, with a smile. "I hope Monsieur Poirot will be able to throw some light on this extraordinary puzzle, for I confess frankly that I am nearly out of my mind with worry and anxiety about it."

Indeed, his face looked drawn and haggard and showed only too clearly the strain under which he was labouring.

‹Olympia› angelegt hatte, päckchenweise verkauft. Nun, als Erstes müsste ich sicher Mr Ridgeway sprechen.»

«Ich wollte Ihnen soeben vorschlagen, mit mir im ‹Chesehire Cheese› zu Mittag zu essen. Philip wird dort sein. Wir sind verabredet, aber er weiß noch nicht, dass ich Sie seinetwegen um Rat bitte.»

Wir waren bald einverstanden und nahmen ein Taxi dorthin.

Mr Philip Ridgeway war bereits vor uns da und ziemlich überrascht, als er seine Verlobte mit zwei völlig Fremden kommen sah. Er war ein nett aussehender junger Mann, groß gewachsen und geschniegelt, an den Schläfen leicht ergraut, obwohl er nicht viel über dreißig sein konnte.

Miss Farquhar ging auf ihn zu und legte ihre Hand auf seinen Arm.

«Verzeih mir, Philip, dass ich gehandelt habe, ohne dich zu fragen», sagte sie. «Darf ich dich mit Monsieur Hercule Poirot bekannt machen, von dem du sicher schon oft gehört hast, und mit seinem Freund, Captain Hastings.»

Ridgeway war äußerst erstaunt.

«Natürlich habe ich von Ihnen gehört, Monsieur Poirot», sagte er, als er ihm die Hand schüttelte. Doch ich hatte keine Ahnung, dass Esmée beabsichtigte, Sie wegen meiner – wegen unserer Sorgen, um Rat zu fragen.»

«Ich befürchtete, du würdest es nicht zulassen, Philip», sagte Miss Farquhar zaghaft.

«So bist du also auf Nummer sicher gegangen», bemerkte er und lächelte dabei. «Hoffentlich wird Monsieur Poirot ein wenig Licht in diese undurchsichtige Angelegenheit bringen können, denn ich gestehe offen, dass ich nahe daran bin, deswegen vor Kummer und Sorge durchzudrehen.»

Sein Gesicht wirkte tatsächlich lang und hager und zeigte nur allzu deutlich die Anspannung, die ihm zu schaffen machte.

"Well, well," said Poirot. "Let us lunch, and over lunch we will put our heads together and see what can be done. I want to hear Mr Ridgeway's story from his own lips."

Whilst we discussed the excellent steak and kidney pudding of the establishment, Philip Ridgeway narrated the circumstances leading to the disappearance of the bonds. His story agreed with that of Miss Farquhar in every particular. When he had finished, Poirot took up the thread with a question.

"What exactly led you to discover that the bonds had been stolen, Mr Ridgeway?"

He laughed rather bitterly.

"The thing stared me in the face, Monsieur Poirot. I couldn't have missed it. My cabin trunk was half out from under the bunk and all scratched and cut about where they'd tried to force the lock."

"But I understood that it had been opened with a key?"

"That's so. They tried to force it, but couldn't. And in the end, they must have got it unlocked somehow or other."

"Curious," said Poirot, his eyes beginning to flicker with the green light I knew so well. "Very curious! They waste much, much time trying to prise it open, and then – *sapristi*! they find they have the key all the time – for each of Hubbs's locks are unique."

"That's just why they couldn't have had the key. It never left me day or night."

"You are sure of that?"

"I can swear to it, and besides, if they had had the key or a duplicate, why should they

«Nun gut», sagte Poirot. «Lassen Sie uns zu Mittag essen und dabei überlegen, was getan werden kann. Ich will Mr Ridgeways Geschichte aus seinem eigenen Mund hören.»

Während wir das ausgezeichnete Steak und die Nierenpastete genossen, erläuterte Philip Ridgeway die Umstände, unter denen die Wertpapiere verschwunden waren. Seine Geschichte stimmte in jeder Einzelheit mit der von Miss Farquhar überein. Als er geendet hatte, nahm Poirot den Faden mit einer Frage auf.

«Was genau führte Sie zu der Entdeckung, dass die Papiere gestohlen worden waren, Mr Ridgeway?»

Er lachte ziemlich bitter.

«Die Sache sprang mir förmlich ins Auge, Monsieur Poirot. Ich hätte es nicht übersehen können. Mein Koffer sah halb unter der Schlafkoje hervor, war ganz verkratzt und wies Schnitte an den Stellen auf, an denen man versucht hatte, das Schloss aufzubrechen.»

«Ich habe aber doch gehört, er sei mit einem Schlüssel geöffnet worden?»

«Stimmt. Sie versuchten es mit Gewalt, aber es klappte nicht. Und schließlich mussten sie ihn irgendwie aufgeschlossen haben.»

«Seltsam», sagte Poirot, und in seinen Augen flackerte allmählich der grünliche Schimmer auf, den ich so gut kannte. «Sehr seltsam! Sie vertun viel Zeit, um ihn aufzustemmen, und dann – sapristi!, fällt ihnen ein, dass sie die ganze Zeit den Schlüssel bei sich haben – wo doch jedes von Hubbs' Schlössern einmalig ist.»

«Gerade deshalb konnten sie den Schlüssel nicht gehabt haben. Ich habe mich Tag und Nacht nicht von ihm getrennt.»

«Sind Sie sich ganz sicher?»

«Darauf kann ich schwören, und außerdem, warum sollten sie Zeit verschwenden, um ein offensichtlich nicht zu

waste time trying to force an obviously unforceable lock?"

"Ah! there is exactly the question we are asking ourselves! I venture to prophesy that the solution, if we ever find it, will hinge on that curious fact. I beg of you not to assault me if I ask you one more question: *Are you perfectly certain that you did not leave the trunk unlocked?*"

Philip Ridgeway merely looked at him, and Poirot gesticulated apologetically.

"Ah, but these things can happen, I assure you! Very well, the bonds were stolen from the trunk. What did the thief do with them? How did he manage to get ashore with them?"

"Ah!" cried Ridgeway. "That's just it. How? Word was passed to the Customs authorities, and every soul that left the ship was gone over with a toothcomb!"

"And the bonds, I gather, made a bulky package?"

"Certainly they did. They could hardly have been hidden on board – and anyway we know they weren't, because they were offered for sale within half an hour of the *Olympia*'s arrival, long before I got the cables going and the numbers sent out. One broker swears he bought some of them even before the *Olympia* got in. But you can't send bonds by wireless."

"Not by wireless, but did any tug come alongside?"

"Only the official ones, and that was after the alarm was given when everyone was on the lookout. I was watching out myself for their being passed over to someone that way. My God, Monsieur Poirot, this thing will drive me mad! People are beginning to say I stole them myself."

knackendes Schloss aufzuwuchten, wenn sie den Schlüssel oder einen Zweitschlüssel gehabt hätten?»

«Ah! Das ist genau die Frage, die sich uns jetzt stellt. Ich wage die Vorhersage, dass die Lösung, falls wir sie je finden, an dieser merkwürdigen Tatsache hängt. Bitte gehen Sie nicht gleich auf mich los, wenn ich Ihnen eine weitere Frage stelle: *Sind Sie ganz sicher, dass Sie den Koffer nicht unversperrt ließen?*»

Philip Ridgeway blickte ihn nur an, und Poirot machte eine Geste der Entschuldigung.

«O doch, so etwas kann aber vorkommen, das versichere ich Ihnen. Nun gut. Die Wertpapiere wurden aus dem Koffer gestohlen. Was tat der Dieb anschließend? Wie gelang es ihm, mit ihnen an Land zu kommen?»

«Ah!», rief Ridgeway. «Das ist es ja gerade. Wie? Die Zollbehörden waren benachrichtigt, und jede Person, die das Schiff verließ, wurde gründlich gefilzt!»

«Und die Wertpapiere waren, nehme ich an, ein recht sperriges Paket?»

«Gewiss. An Bord hätten sie kaum versteckt werden können – und wir wissen ja auch, dass sie es nicht waren, weil sie innerhalb einer halben Stunde nach Ankunft der ‹Olympia› zum Verkauf angeboten wurden, lange bevor ich telegrafieren und die Nummern versenden konnte. Ein Börsenhändler schwört, er hätte sogar einige von ihnen gekauft, bevor die ‹Olympia› angelegt hatte. Aber Wertpapiere kann man nicht drahtlos schicken.»

«Nein, das nicht, aber hat vielleicht ein Schlepper längsseits angelegt?»

«Nur die dazu befugten, und das war, nachdem Alarm geschlagen und jeder auf dem Beobachtungsposten war. Ich passte selbst auf, ob sie auf diese Weise an jemanden weitergereicht wurden. Mein Gott, Monsieur Poirot, diese Sache wird mich noch verrückt machen! Die Leute behaupten jetzt schon, ich selbst hätte sie gestohlen.»

"But you also were searched on landing, weren't you?" asked Poirot gently.

"Yes."

The young man stared at him in a puzzled manner.

"You do not catch my meaning, I see," said Poirot, smiling enigmatically.

"Now I should like to make few inquiries at the Bank."

Ridgeway produced a card and scribbled a few words on it.

"Send this in and my uncle will see you at once."

Poirot thanked him, bade farewell to Miss Farquhar, and together we started out for Threadneedle Street and the head office of the London and Scottish Bank. On production of Ridgeway's card, we were led through the labyrinth of counters and desks, skirting paying-in clerks and paying-out clerks and up to a small office on the first floor where the joint general managers received us. They were two grave gentlemen, who had grown grey in the service of the Bank. Mr Vavasour had a short white beard, Mr Shaw was clean shaven.

"I understand you are strictly a private inquiry agent?" said Mr Vavasour. "Quite so, quite so. We have, of course, placed ourselves in the hands of Scotland Yard. Inspector McNeil has charge of the case. A very able officer, I believe."

"I am sure of it," said Poirot politely. "You will permit a few questions, on your nephew's behalf? About this lock, who ordered it from Hubbs's?"

"I ordered it myself," said Mr Shaw. "I would not trust to any clerk in the matter. As to the keys, Mr Ridgeway had one, and the other two are held by my colleague and myself."

« Auch Sie wurden doch bei der Landung durchsucht, nicht wahr? », erkundigte sich Poirot behutsam.

« Ja. »

Der junge Mann starrte ihn verwirrt an.

« Sie verstehen anscheinend nicht, was ich meine, merke ich », sagte Poirot und lächelte rätselhaft.

« Als Nächstes würde ich gern Erkundigungen bei der Bank einholen. »

Ridgeway holte eine Karte hervor und kritzelte ein paar Worte darauf.

« Legen Sie das vor, und mein Onkel wird Sie sofort empfangen. »

Poirot dankte ihm, verabschiedete sich von Miss Farquhar, und gemeinsam machten wir uns auf in die Threadneedle Street, zum Hauptsitz der « London and Scottish Bank ». Als ich Ridgeways Karte vorzeigte, wurden wir durch den Irrgarten von Schaltern und Pulten geführt, vorbei an Angestellten an Ein- und Auszahlungsschaltern, und gelangten in ein kleines Zimmer im ersten Stock, wo uns die beiden Generaldirektoren empfingen. Es waren ernste, im Dienst der Bank ergraute Herren. Mr Vavasour trug einen kurzen weißen Bart, Mr Shaw war glatt rasiert.

« Ich höre, dass Sie ein rein privater Ermittler sind? », fragte Mr Vavasour. « Gut, gut. Wir haben den Fall natürlich an Scotland Yard übergeben. Inspektor McNeil ist mit dem Fall betraut. Ein sehr fähiger Beamter, glaube ich. »

« Dessen bin ich sicher », sagte Poirot höflich. « Sie werden ein paar Fragen gestatten, die Ihren Neffen betreffen? Es geht um dieses Schloss, wer hat es bei Hubbs bestellt? »

« Ich selbst habe es bestellt », sagte Mr Shaw. « Ich würde in dieser Angelegenheit keinem Angestellten trauen. Was die Schlüssel angeht, hatte Mr Ridgeway einen, und die beiden anderen sind bei meinem Kollegen und mir. »

"And no clerk has had access to them?"

Mr Shaw turned inquiringly to Mr Vavasour.

"I think I am correct in saying that they have remained in the safe where we placed them on the 23rd," said Mr Vavasour. "My colleague was unfortunately taken ill a fortnight ago – in fact on the very day that Philip left us. He has only just recovered."

"Severe bronchitis is no joke to a man of my age," said Mr Shaw ruefully. "But I'm afraid Mr Vavasour has suffered from the hard work entailed by my absence, especially with this unexpected worry coming on top of everything."

Poirot asked a few more questions. I judged that he was endeavouring to gauge the exact amount of intimacy between uncle and nephew. Mr Vavasour's answers were brief and punctilious. His nephew was a trusted official of the Bank, and had no debts or money difficulties that he knew of. He had been entrusted with similar missions in the past. Finally we were politely bowed out.

"I am disappointed," said Poirot, as we emerged into the street.

"You hoped to discover more? They are such stodgy old men."

"It is not their stodginess which disappoints me, *mon ami*. I do not expect to find in a Bank manager, a ‹keen financier with an eagle glance›, as your favourite works of fiction put it. No, I am disappointed in the case – it is too easy!"

"Easy?"

"Yes, do you not find it almost childishly simple?"

"You know who stole the bonds?"

"I do."

"But then – we must – why –"

. not confuse and fluster yourself, Hastings.
_ are not going to do anything at present."

"But why? What are you waiting for?"

"For the *Olympia*. She is due on her return trip from New York on Tuesday."

"But if you know who stole the bonds, why wait? He may escape."

"To a South Sea island where there is no extradition? No, *mon ami*, he would find life very uncongenial there. As to why I wait – *eh bien*, to the intelligence of Hercule Poirot the case is perfectly clear, but for the benefit of others, not so greatly gifted by the good God – the Inspector, McNeil, for instance – it would be as well to make a few inquiries to establish the facts. One must have consideration for those less gifted than oneself."

"Good Lord, Poirot! Do you know, I'd give a considerable sum of money to see you make a thorough ass of yourself – just for once. You're so confoundedly conceited!"

"Do not enrage yourself, Hastings. In verity, I observe that there are times when you almost detest me! Alas, I suffer the penalties of greatness!"

The little man puffed out his chest, and sighed so comically that I was forced to laugh.

Tuesday saw us speeding to Liverpool in a first-class carriage of the L and NWR. Poirot had obstinately refused to enlighten me as to his suspicions – or certainties. He contented himself with expressing surprise that I, too, was not equally au fait with the situation. I disdained to argue, and entrenched my curiosity behind a rampart of pretended indifference.

«Machen Sie sich keine Gedanken und regen Sie sich nicht auf, Hastings! Vorerst tun wir gar nichts.»

«Aber warum? Worauf warten Sie?»

«Auf die ‹Olympia›. Sie muss am Dienstag aus New York zurückkommen.»

«Doch wenn Sie wissen, wer die Papiere gestohlen hat, warum dann warten? Er könnte ja entkommen.»

«Auf eine Südseeinsel, die ihn nicht ausliefern würde? Nein, *mon ami*, das Leben dort würde ihm wenig zusagen. Warum ich abwarte – *eh bien*, für Hercule Poirots Scharfsinn ist der Fall völlig klar, doch zum Nutzen und Frommen aller, die der liebe Gott nicht mit so reichen Gaben bedacht hat – den Inspektor McNeil, zum Beispiel –, wäre es besser, ein paar Ermittlungen anzustellen, um Gewissheit zu bekommen. Man muss rücksichtsvoll gegenüber denen sein, die weniger begabt sind, als man selbst ist.»

«Großer Gott, Poirot! Wissen Sie, ich würde viel Geld dafür ausgeben, um zu erleben, dass Sie sich gründlich lächerlich machen – nur ein einziges Mal. Sie sind so verdammt eingebildet!»

«Reden Sie sich nicht in Rage, Hastings. Tatsächlich beobachte ich, dass es Zeiten gibt, in denen Sie mich nahezu verachten. Ach, ich erdulde den Fluch der Größe!»

Der kleine Mann warf sich in die Brust und seufzte so komisch, dass ich lachen musste.

Am Dienstag brausten wir in einem Wagen erster Klasse der «London and North Western Railway» nach Liverpool. Poirot hatte sich hartnäckig geweigert, mich hinsichtlich seiner Verdachtsmomente – oder Gewissheiten – aufzuklären. Er begnügte sich damit, seine Überraschung darüber zum Ausdruck zu bringen, dass mir die Sache nicht genauso klar war wie ihm. Es war mir zuwider, mich auf einen Streit einzulassen, und so verschanzte ich meine Neugier hinter einem Wall vorgetäuschter Gleichgültigkeit.

Once arrived at the quay alongside which lay the big transatlantic liner, Poirot became brisk and alert. Our proceedings consisted in interviewing four successive stewards and inquiring after a friend of Poirot's who had crossed to New York on the 23rd.

"An elderly gentleman, wearing glasses. A great invalid, hardly moved out of his cabin."

The description appeared to tally with one Mr Ventnor who had occupied the cabin C24 which was next to that of Philip Ridgeway. Although unable to see how Poirot had deduced Mr Ventnor's existence and personal appearance, I was keenly excited.

"Tell me," I cried, "was this gentleman one of the first to land when you got to New York?"

The steward shook his head:

"No, indeed, sir, he was one of the last off the boat."

I retired crestfallen, and observed Poirot grinning at me. He thanked the steward, a note changed hands, and we took our departure.

"It's all very well," I remarked heatedly, "but that last answer must have damned your precious theory, grin as you please!"

"As usual, you see nothing, Hastings. That last answer is, on the contrary, the coping-stone of my theory."

I flung up my hands in despair.

"I give it up."

When we were in the train, speeding towards London, Poirot wrote busily for a few minutes, sealing up the result in an envelope.

"This is for the good Inspector McNeil. We will leave it at Scotland Yard in passing, and then to the

Als wir den Kai erreichten, an dem der große Überseedampfer lag, wurde Poirot lebhaft und hellwach. Unser Vorgehen bestand darin, dass wir nacheinander vier Stewards befragten und uns nach einem Freund Poirots erkundigten, der am 23. nach New York hinübergefahren war.

«Ein älterer Herr mit Brille, groß, schwerkrank, der sich kaum aus seiner Kabine bewegte.»

Die Beschreibung schien auf einen gewissen Mr Ventnor zu passen, der die Kabine C24 belegt hatte, die sich neben der von Philip Ridgeway befand. Obwohl ich nicht begreifen konnte, wie Poirot gefolgert hatte, dass es einen Mr Ventnor gab und wie er aussah, war ich ganz aufgeregt.

«Sagen Sie mir», rief ich, «war dieser Herr einer der Ersten, die an Land gingen, als Sie nach New York kamen?»

Der Steward schüttelte den Kopf.

«Nein, mein Herr, tatsächlich war er einer der Letzten, die das Schiff verließen.»

Ich zog mich kleinlaut zurück und merkte, dass Poirot mich angrinste. Er dankte dem Steward, ein Geldschein wechselte den Besitzer, und wir verabschiedeten uns.

«Das ist alles schön und gut», bemerkte ich hitzig, «doch diese letzte Antwort muss ja Ihre feine Theorie zunichte gemacht haben, und wenn Sie noch so sehr grinsen!»

«Hastings, wie gewöhnlich verstehen Sie nichts. Jene letzte Antwort ist, im Gegenteil, der Schlussstein meiner Theorie.»

Ich hob verzweifelt die Hände.

«Ich gebe auf.»

Als wir im Zug saßen und in Richtung London brausten, schrieb Poirot ein paar Minuten lang eifrig und verschloss das Geschriebene fest in einem Umschlag.

«Das ist für den guten Inspektor McNeil. Wir geben es im Vorbeigehen in Scotland Yard ab, und dann geht's weiter

Rendezvous Restaurant, where I have asked Miss Esmée Farquhar to do us the honour of dining with us."

"What about Ridgeway?"

"What about him?" asked Poirot with a twinkle.

"Why, you surely don't think – you can't –"

"The habit of incoherence is growing upon you, Hastings. As a matter of fact I *did* think. If Ridgeway had been the thief – which was perfectly possible – the case would have been charming; a piece of neat methodical work."

"But not so charming for Miss Farquhar."

"Possibly you are right. Therefore all is for the best. Now, Hastings, let us review the case. I can see that you are dying to do so. The sealed package is removed from the trunk and vanishes, as Miss Farquhar puts it, into thin air. We will dismiss the thin air theory, which is not practicable at the present stage of science, and consider what is likely to have become of it. Everyone asserts the incredulity of its being smuggled ashore –"

"Yes, but we know –"

"*You* may know, Hastings, I do not. I take the view that, since it seemed incredible, it was incredible. Two possibilities remain: it was hidden on board – also rather difficult – or it was thrown overboard."

"With a cork on it, do you mean?"

"Without a cork."

I stared.

"But if the bonds were thrown overboard, they couldn't have been sold in New York."

"I admire your logical mind, Hastings. The bonds were sold in New York, therefore they were not thrown overboard. You see where that leads us?"

zum Restaurant ‹Rendezvous›; ich bat Miss Esmée Farquhar, uns die Ehre zu geben, dort zu speisen.»

«Und was ist mit Ridgeway?»

«Was ist mit ihm?», fragte Poirot augenzwinkernd.

«Na, Sie glauben doch nicht, dass – Sie können nicht ...»

«Sie entwickeln die Gewohnheit, unzusammenhängend zu reden, Hastings. Tatsache ist: Ich *dachte* mir wirklich etwas dabei. Wäre Ridgeway der Dieb gewesen – was durchaus möglich war –, so hätte der Fall seinen Reiz gehabt; ein Stück sauberen methodischen Vorgehens.»

«Doch nicht so reizvoll für Miss Farquhar.»

«Da haben Sie wohl recht. Deshalb steht alles zum Besten. Nun, Hastings, gehen wir den Fall noch einmal durch. Ich kann ja sehen, dass Sie es kaum mehr aushalten. Also, das versiegelte Paket wird aus dem Koffer genommen und löst sich, wie Miss Farquhar sagt, in Luft auf. Wir wollen diese Auflösungstheorie, die beim gegenwärtigen Stand der Wissenschaft nicht vertretbar ist, unberücksichtigt lassen und überlegen, was wahrscheinlich aus dem Paket geworden ist. Jeder versichert, dass es unmöglich an Land geschmuggelt werden konnte ...»

«Ja, aber wir wissen ...»

«*Sie* wissen vielleicht, Hastings, ich nicht. Ich bin der Ansicht, dass es, da es ja unmöglich erschien, tatsächlich unmöglich *war*. Somit bleiben zwei Möglichkeiten: Es war an Bord versteckt – auch ziemlich schwierig –, oder es wurde über Bord geworfen.»

«Befestigt an einem Stück Korken, meinen Sie?»

«Ohne Korken.»

Ich riss die Augen auf.

«Wären aber die Papiere über Bord geworfen worden, hätten sie in New York nicht verkauft werden können.»

«Ich bewundere Ihr logisches Denkvermögen, Hastings. Die Papiere wurden in New York verkauft, also wurden sie nicht über Bord geworfen. Sie sehen, wohin uns das führt.»

"Where we were when we started."

"*Jamais de la vie!* If the package was thrown overboard and the bonds were sold in New York, the package could not have contained the bonds. Is there any evidence that the package did contain the bonds? Remember, Mr Ridgeway never opened it from the time it was placed in his hands in London."

"Yes, but then –"

Poirot waved an impatient hand.

"Permit me to continue. The last moment that the bonds are seen as bonds is in the office of the London and Scottish Bank on the morning of the 23rd. They reappear in New York half an hour after the *Olympia* gets in, and according to one man, whom nobody listens to, actually before she gets in. Supposing then, that they have never been on the *Olympia* at all? Is there any other way they could get to New York? Yes. The *Gigantic* leaves Southampton on the same day as the *Olympia*, and she holds the record for the Atlantic. Mailed by the *Gigantic*, the bonds would be in New York the day before the *Olympia* arrived. All is clear, the case begins to explain itself. The sealed packet is only a dummy, and the moment of its substitution must be in the office in the bank. It would be an easy matter for any of the three men present to have prepared a duplicate package which could be substituted for the genuine one. *Très bien*, the bonds are mailed to a confederate in New York, with instructions to sell as soon as the *Olympia* is in, but someone must travel on the *Olympia* to engineer the supposed moment of robbery."

"But why?"

"Because if Ridgeway merely opens the packet

«Zurück zu unserem Ausgangspunkt.»

«*Jamais de la vie!* Wenn das Paket über Bord geworfen und die Wertpapiere in New York verkauft wurden, konnten die Papiere nicht darin gewesen sein. Gibt es irgendeinen Beweis, dass das Paket tatsächlich die Papiere enthielt? Denken Sie daran, Mr Ridgeway hatte es seit der Zeit, als es ihm in London ausgehändigt wurde, nicht geöffnet.»

«Ja, aber dann ...»

Poirot machte eine ungeduldige Handbewegung.

«Gestatten Sie, dass ich fortfahre. Das letzte Mal, dass jemand die Papiere gesehen hat, war im Büro der ‹London and Scottish Bank› am Morgen des 23. Sie tauchen wieder auf in New York, eine halbe Stunde, nachdem die ‹Olympia› eintrifft, aber laut Aussage eines Mannes, dem niemand Gehör schenkt, in Wirklichkeit, *bevor* sie einfährt. Angenommen also, sie hätten sich überhaupt nicht auf der ‹Olympia› befunden? Gibt es einen anderen Weg, auf dem sie nach New York gelangen konnten? Ja. Die ‹Gigantic› verlässt den Hafen von Southampton am selben Tag wie die ‹Olympia›, und sie hält den Geschwindigkeitsrekord in der Atlantiküberquerung. Mit der ‹Gigantic› befördert, konnten die Wertpapiere einen Tag vor der Ankunft der ‹Olympia› in New York sein. Alles ist klar. Der Fall beginnt sich von selbst zu lösen. Das versiegelte Paket ist lediglich eine Attrappe, und der Austausch kann nur im Büro der Bank erfolgt sein. Für jeden der drei anwesenden Herren wäre es ein Leichtes gewesen, ein genau gleiches Paket vorzubereiten und gegen das echte auszutauschen. *Très bien*, die Wertpapiere werden an einen Komplizen in New York geschickt, zusammen mit Anweisungen zum Verkauf, sobald die ‹Olympia› anlegt; allerdings muss jemand auf der ‹Olympia› mitreisen, um den vermeintlichen Diebstahl zu bewerkstelligen.»

«Aber warum?»

«Würde Ridgeway lediglich das Paket öffnen und eine

and finds it a dummy, suspicion flies at once to London. No, the man on board in the cabin next door does his work, pretends to force the lock in an obvious manner so as to draw immediate attention to the theft, really unlocks the trunk with a duplicate key, throws the package overboard and waits until the last to leave the boat. Naturally he wears glasses to conceal his eyes, and is an invalid since he does not want to run the risk of meeting Ridgeway. He steps ashore in New York and returns by the first boat available."

"But who – which was he?"

"The man who had a duplicate key, the man who ordered the lock, the man who has not been severely ill with bronchitis at his home in the country – *enfin*, the ‹stodgy› old man, Mr Shaw! There are criminals in high places sometimes, my friend. Ah, here we are, mademoiselle, I have succeeded! You permit?"

And, beaming, Poirot kissed the astonished girl lightly on either cheek!

Attrappe vorfinden, fiele der Verdacht sofort auf London. Nein, der Mann in der Nebenkabine an Bord verrichtet seine Arbeit, täuscht vor, das Schloss so offensichtlich zu knacken, dass die Aufmerksamkeit sofort auf den Diebstahl gelenkt wird. Tatsächlich sperrt er den Koffer mit einem Zweitschlüsssel auf, wirft das Paket über Bord und wartet, bis der Letzte das Schiff verlässt. Natürlich trägt er eine Sonnenbrille, um die Augen zu verbergen, und spielt den Kranken, da er ja nicht Gefahr laufen will, Ridgeway zu begegnen. Er geht in New York an Land und kehrt mit dem nächstmöglichen Schiff zurück.»

«Aber wer – wer war das?»

«Der Mann, der einen Zweitschlüssel besaß, der Mann, der das Schloss bestellte, der Mann, der *nicht* in seinem Haus in England ernsthaft an Bronchitis erkrankt war – *enfin*, der ‹verknöcherte› alte Mann, Mr Shaw! Mitunter, mein Freund, gibt es Verbrecher in höchsten Kreisen. Hier sind wir, gnädiges Fräulein, ich war erfolgreich! Gestatten Sie?»

Und strahlend küsste Poirot das erstaunte junge Mädchen leicht auf beide Wangen!

The Cornish Mystery

"Mrs Pengelley," announced our landlady, and withdrew discreetly.

Many unlikely people came to consult Poirot, but to my mind, the woman who stood nervously just inside the door, fingering her feather neckpiece, was the most unlikely of all. She was so extraordinarily commonplace – a thin, faded woman of about fifty, dressed in a braided coat and skirt, some gold jewellery at her neck, and with her grey hair surmounted by a singularly unbecoming hat. In a country town you pass a hundred Mrs Pengelleys in the street every day.

Poirot came forward and greeted her pleasantly, perceiving her obvious embarrassment.

"Madame! Take a chair, I beg of you. My colleague, Captain Hastings."

The lady sat down, murmuring uncertainly: "You are Monsieur Poirot, the detective?"

"At your service, madame."

But our guest was still tongue-tied. She sighed, twisted her fingers, and grew steadily redder and redder.

"There is something I can do for you, eh, madame?"

"Well, I thought – that is – you see –"

"Proceed, madame, I beg of you – proceed."

Mrs Pengelley, thus encouraged, took a grip on herself.

"It's this way, Monsieur Poirot – I don't want to have anything to do with the police. No, I wouldn't go to the police for anything! But all the same, I'm sorely troubled about something. And yet I don't know if I ought –" She stopped abruptly.

Das Rätsel von Cornwall

«Mrs Pengelley», meldete unsere Wirtin und zog sich taktvoll zurück.

Viele unwahrscheinliche Leute kamen zu Poirot, um seinen Rat einzuholen, doch meiner Ansicht nach war die Frau, die soeben aufgeregt in der Tür stand und an ihrem federbesetzten Kragen nestelte, die unwahrscheinlichste von allen. Sie war so ungemein gewöhnlich – eine dürre, unscheinbare Frau um die fünfzig, Rock und Jacke mit Bortenbesatz, einiges an Goldschmuck um den Hals und das graue Haar von einem Hut bedeckt, der ihr überhaupt nicht stand. In einem Landstädtchen begegnen einem täglich hundert solcher Mrs Pengelleys.

Poirot trat vor und begrüßte sie freundlich, da er ihre offensichtliche Verlegenheit erkannte.

«Gnädige Frau! Nehmen Sie bitte Platz. Mein Kollege, Captain Hastings.»

Die Dame setzte sich und flüsterte undeutlich: «Sie sind Monsieur Poirot, der Detektiv?»

«Zu Ihren Diensten, gnädige Frau.»

Doch unser Gast blieb noch immer stumm. Die Frau seufzte, verdrehte die Finger und errötete immer mehr.

«Kann ich etwas für Sie tun, hm, gnädige Frau?»

«Nun – ich dachte – das heißt – sehen Sie ...»

«Fahren Sie bitte fort, gnädige Frau – fahren Sie fort.»

Dermaßen ermutigt, fasste sich Mrs Pengelley ein Herz.

«Es ist so, Monsieur Poirot – ich will nichts mit der Polizei zu tun haben. Nein, ich würde nicht um alles in der Welt zur Polizei gehen! Aber da ist etwas, das mir großen Kummer macht. Und doch weiß ich nicht, falls ich ...» Sie brach unvermittelt ab.

"Me, I have nothing to do with the police. My investigations are strictly private."

Mrs Pengelley caught at the word.

"Private – that's what I want. I don't want any talk or fuss, or things in the papers. Wicked it is, the way they write things, until the family could never hold up their heads again. And it isn't as though I was even sure – it's just a dreadful idea that's come to me, and put it out of my head I can't." She paused for breath. "And all the time I may be wickedly wronging poor Edward. It's a terrible thought for any wife to have. But you do read of such dreadful things nowadays."

"Permit me – it is of your husband you speak?"

"Yes."

"And you suspect him of – what?"

"I don't like even to say it, Monsieur Poirot. But you do read of such things happening – and the poor souls suspecting nothing."

I was beginning to despair of the lady's ever coming to the point, but Poirot's patience was equal to the demand made upon it.

"Speak without fear, madame. Think what joy will be yours if we are able to prove your suspicions unfounded."

"That's true – anything's better than this wearing uncertainty. Oh, Monsieur Poirot, I'm dreadfully afraid I'm being *poisoned*."

"What makes you think so?"

Mrs Pengelley, her reticence leaving her, plunged into a full recital more suited to the ears of her medical attendant.

"Pain and sickness after food, eh?" said Poirot

«Ich habe mit der Polizei sicherlich nichts zu schaffen. Meine Nachforschungen sind streng privater Art.»

Hier hakte Mrs Pengelley ein.

«Privat – genau das will ich. Ich möchte kein Gerede und keinen Wirbel oder etwas darüber in der Presse. Bösartig ist es, wie über Dinge berichtet wird, bis eine Familie sich nie mehr erhobenen Hauptes sehen lassen kann. Und dabei bin ich mir nicht einmal sicher – es ist einfach eine schreckliche Vorstellung, die mich überkommen hat und die mir nicht aus dem Kopf geht.» Die Frau setzte ab, um Atem zu holen. «Und die ganze Zeit tue ich dem armen Edward vielleicht völlig Unrecht. An so etwas zu denken ist für jede Frau schrecklich. Aber man liest doch heutzutage wirklich von solch schrecklichen Dingen.»

«Gestatten Sie – sprechen Sie von Ihrem Gatten?»

«Ja.»

«Und – warum verdächtigen Sie ihn?»

«Das möchte ich nicht einmal aussprechen, Monsieur Poirot. Aber man liest doch, dass dergleichen geschieht – und die armen Seelen keine Ahnung davon haben.»

Ich fing schon an, die Hoffnung aufzugeben, dass die Dame je zur Sache kommen würde, doch Monsieur Poirots Geduld bestand die Probe.

«Sprechen Sie ohne Furcht, gnädige Frau. Bedenken Sie, wie groß Ihre Freude sein wird, wenn wir nachweisen können, dass Ihr Verdacht unbegründet ist.»

«Das stimmt – alles ist besser als diese zermürbende Ungewissheit. Oh, Monsieur Poirot, ich habe schreckliche Angst, *vergiftet* zu werden.»

«Wie kommen Sie auf den Gedanken?»

Mrs Pengelley, die jetzt ihre Zurückhaltung ablegte, erging sich in einer ausführlichen Schilderung, die mehr für die Ohren ihres Arztes geeignet gewesen wäre.

«Schmerz und Übelkeit nach dem Essen, hm?», sagte

thoughtfully. "You have a doctor attending you, madame? What does he say?"

"He says it's acute gastritis, Monsieur Poirot. But I can see that he's puzzled and uneasy, and he's always altering the medicine, but nothing does any good."

"You have spoken of your – fears, to him?"

"No, indeed, Monsieur Poirot. It might get about in the town. And perhaps it is *gastritis*. All the same, it's very odd that whenever Edward is away for the week-end, I'm quite all right again. Even Freda notices that – my niece, Monsieur Poirot. And then there's that bottle of weed-killer, never used, the gardener says, and yet it's half-empty."

She looked appealingly at Poirot. He smiled reassuringly at her, and reached for a pencil and notebook.

"Let us be businesslike, madame. Now, then, you and your husband reside – where?"

"Polgarwith, a small market town in Cornwall."

"You have lived there long?"

"Fourteen years."

"And your household consists of you and your husband. Any children?"

"No."

"But a niece, I think you said?"

"Yes, Freda Stanton, the child of my husband's only sister. She has lived with us for the last eight years – that is, until a week ago."

"Oh, and what happened a week ago?"

"Things hadn't been very pleasant for some time; I don't know what had come over Freda. She was so rude and impertinent, and her temper something shocking, and in the end she flared up one day, and out she walked and took rooms of her own in the

Poirot nachdenklich. Sie sind bei einem Arzt in Behandlung, gnädige Frau? Was sagt er?»

«Er sagt, es handele sich um eine akute Gastritis, Monsieur Poirot. Doch ich kann sehen, dass er ratlos und unsicher ist, und ständig verschreibt er andere Medikamente. Aber nichts hilft.»

«Haben Sie ihm Ihre – Befürchtungen mitgeteilt?»

«Nein, ganz sicher nicht, Monsieur Poirot. Es könnte in der Stadt bekannt werden. Und vielleicht ist es tatsächlich *Gastritis*. Allerdings ist es sehr seltsam, dass es mir immer, wenn Edward zum Wochenende weg ist, wieder ganz gut geht. Selbst Freda bemerkt das – meine Nichte, Monsieur Poirot. Und dann ist da diese Flasche Unkrautvernichter, die nach Auskunft des Gärtners nie benutzt wird und dennoch halb leer ist.»

Sie blickte Poirot flehend an. Er lächelte ihr beschwichtigend zu und griff zu Federhalter und Notizblock.

«Gehen wir systematisch vor, gnädige Frau. Nun, Sie und Ihr Gatte wohnen also – wo?»

«Polgarwith, ein Marktstädtchen in Cornwall.»

«Schon lange?»

«Vierzehn Jahre.»

«Und Ihr Haushalt besteht aus Ihnen und Ihrem Gatten. Kinder?»

«Nein.»

«Aber eine Nichte, glaube ich, sagten Sie?»

«Ja, Freda Stanton, das Kind der einzigen Schwester meines Mannes. Sie hat die letzten acht Jahre bei uns gewohnt – das heißt, bis vor einer Woche.»

«Oh, und was geschah vor einer Woche?»

«Das Verhältnis war seit einiger Zeit wenig erfreulich gewesen; ich weiß nicht, was in Freda gefahren war. Sie war so unverschämt und frech, hatte entsetzliche Launen, und schließlich brauste sie eines Tages auf, ging fort und nahm sich eine eigene Wohnung in der Stadt. Seither habe ich sie

town. I've not seen her since. Better leave her to come to her senses, so Mr Radnor says."

"Who is Mr Radnor?"

Some of Mrs Pengelley's initial embarrassment returned.

"Oh, he's – he's just a friend. Very pleasant young fellow."

"Anything between him and your niece?"

"Nothing whatever," said Mrs Pengelley emphatically.

Poirot shifted his ground.

"You and your husband are, I presume, in comfortable circumstances?"

"Yes, we're very nicely off."

"The money, is it yours or your husband's?"

"Oh, it's all Edward's. I've nothing of my own."

"You see, madame, to be businesslike, we must be brutal. We must seek for a motive. Your husband, he would not poison you just *pour passer le temps*! Do you know of any reason why he should wish you out of the way?"

"There's the yellow-haired hussy who works for him," said Mrs Pengelley, with a flash of temper. "My husband's a dentist, Monsieur Poirot, and nothing would do but he must have a smart girl, as he said, with bobbed hair and a white overall, to make his appointments and mix his fillings for him. It's come to my ears that there have been fine goings-on, though of course he swears it's all right."

"This bottle of weed-killer, madame, who ordered it?"

"My husband – about a year ago."

"Your niece, now, has she any money of her own?"

"About fifty pounds a year, I should say. She'd be

nicht mehr gesehen. Besser abwarten, bis sie wieder vernünftig wird, sagt Mr Radnor.»

«Wer ist Mr Radnor?»

Etwas von Mrs Pengelleys anfänglicher Verlegenheit stellte sich wieder ein.

«Oh, er ist – er ist bloß ein Freund. Sehr angenehmer junger Mann.»

«Irgendetwas zwischen ihm und Ihrer Nichte?»

«Überhaupt nicht», sagte Mrs Pengelley mit Nachdruck.

Poirot wechselte das Thema.

«Sie und Ihr Gatte, nehme ich an, leben in guten Verhältnissen?»

«Ja, wir haben ein recht behagliches Auskommen.»

«Das Geld, gehört es Ihnen oder Ihrem Gatten?»

«Oh, alles gehört Edward, ich selbst habe nichts.»

«Sehen Sie, gnädige Frau, um systematisch zu verfahren, müssen wir schonungslos sein. Wir müssen nach einem Beweggrund suchen. Ihr Gatte würde Sie doch nicht vergiften, lediglich *pour passer le temps*. Gibt es Ihres Wissens irgendeinen Grund, weshalb er sich wünschen sollte, Sie los zu sein?»

«Da ist die strohblonde Hexe, die für ihn arbeitet», sagte Mrs Pengelley aufbrausend. «Mein Mann ist Zahnarzt, Monsieur Poirot, und er meint, er müsse unbedingt ein flottes Mädchen haben, mit Bubikopf und einem weißen Kittel, das seine Termine vereinbare und ihm seine Füllungen mische. Es ist mir zu Ohren gekommen, dass sich da so allerhand abspielt, obgleich er natürlich schwört, dass alles seine Ordnung hat.»

«Diese Flasche mit dem Unkrautvernichtungsmittel, gnädige Frau, wer hat die bestellt?»

«Mein Mann – vor über einem Jahr.»

«Ihre Nichte, hat die eigenes Einkommen?»

«Etwa fünfzig Pfund im Jahr, würde ich sagen. Sie wäre

glad enough to come back and keep house for Edward if I left him."

"You have contemplated leaving him, then?"

"I don't intend to let him have it all his own way. Women aren't the downtrodden slaves they were in the old days, Monsieur Poirot."

"I congratulate you on your independent spirit, madame; but let us be practical. You return to Polgarwith today?"

"Yes, I came up by an excursion. Six this morning the train started, and the train goes back at five this afternoon."

"*Bien!* I have nothing of great moment on hand. I can devote myself to your little affair. Tomorrow I shall be in Polgarwith. Shall we say that Hastings, here, is a distant relative of yours, the son of your second cousin? Me, I am his eccentric foreign friend. In the meantime, eat only what is prepared by your own hands, or under your eye. You have a maid whom you trust?"

"Jessie is a very good girl, I am sure."

"Till tomorrow then, madame, and be of good courage."

Poirot bowed the lady out, and returned thoughtfully to his chair. His absorption was not so great, however, that he failed to see two minute strands of feather scarf wrenched off by the lady's agitated fingers. He collected them carefully and consigned them to the wastepaper basket.

"What do you make of the case, Hastings?"

"A nasty business, I should say."

"Yes, if what the lady suspects be true. But is it? Woe betide any husband who orders a bottle of weed-killer nowadays. If his wife suffers from gas-

recht froh, wenn sie zurückkommen und Edward den Haushalt führen könnte, falls ich ihn verließe.»

«Sie tragen sich also mit dem Gedanken, ihn zu verlassen?»

«Ich denke nicht daran, zuzulassen, dass alles nur nach ihm geht. Frauen sind nicht die Sklaven, auf denen man wie ehedem herumtrampelt, Monsieur Poirot.»

«Ich beglückwünsche Sie zu Ihrem Sinn für Unabhängigkeit, gnädige Frau; doch lassen Sie uns ganz nüchtern vorgehen. Kehren Sie heute nach Polgarwith zurück?»

«Ja, ich kam mit einer Ausflugsgruppe hierher. Der Zug ging morgens um sechs Uhr ab und fährt um fünf Uhr nachmittags zurück.»

«*Bien!* Im Augenblick steht bei mir nichts ausgesprochen Wichtiges an, und ich kann mich ganz Ihrem kleinen Fall widmen. Morgen werde ich in Polgarwith sein. Sollen wir sagen, dass Hastings, hier, ein entfernter Verwandter von Ihnen ist, der Sohn Ihres Cousins zweiten Grades? Ich bin dann sein verschrobener ausländischer Freund. Einstweilen essen Sie nur, was Sie selbst zubereitet haben oder was unter Ihrer Aufsicht zubereitet worden ist. Haben Sie ein Mädchen, auf das Sie sich verlassen können?»

«Jessie ist ein sehr gutes Mädchen, da bin ich mir sicher.»

«Bis morgen also, gnädige Frau, und seien Sie guten Mutes.»

Poirot komplimentierte die Dame hinaus und kehrte nachdenklich auf seinen Stuhl zurück. Er war jedoch nicht so in sich versunken, als dass er nicht zwei winzige Fasern des Federschals gesehen hätte, die die nervösen Finger der Dame abgezupft hatten. Er las sie sorgfältig auf und übergab sie dem Papierkorb.

«Wie beurteilen Sie den Fall, Hastings?»

«Eine unerfreuliche Geschichte, würde ich sagen.»

«Ja, wenn der Verdacht der Dame zutrifft. Doch trifft er zu? Wehe einem Ehemann, der heutzutage eine Flasche Unkrautvernichtungsmittel bestellt. Wenn seine Frau an

tritis, and is inclined to be of a hysterical temperament, the fat is in the fire."

"You think that is all there is to it?"

"Ah – *voilà* – I do not know, Hastings. But the case interests me – it interests me enormously. For, you see, it has positively no new features. Hence the hysterical theory, and yet Mrs Pengelley did not strike me as being a hysterical woman. Yes, if I mistake not, we have here a very poignant human drama. Tell me, Hastings, what do you consider Mrs Pengelley's feelings towards her husband to be?"

"Loyalty struggling with fear," I suggested.

"Yet, ordinarily, a woman will accuse anyone in the world – but not her husband. She will stick to her belief in him through thick and thin."

"The ‹other woman› complicates the matter."

"Yes, affection may turn to hate, under the stimulus of jealousy. But hate would take her to the police – not to me. She would want an outcry – a scandal. No, no, let us exercise our little grey cells. Why did she come to me? To have her suspicions proved wrong? Or – to have them proved right? Ah, we have here something I do not understand – an unknown factor. Is she a superb actress, our Mrs Pengelley? No, she was genuine, I would swear that she was genuine, and therefore I am interested. Look up the trains to Polgarwith, I pray you."

The best train of the day was the one-fifty from Paddington which reached Polgarwith just after seven o'clock. The journey was uneventful, and I had to rouse myself from a pleasant nap to alight upon the platform of the bleak little sta-

Gastritis leidet und zur Hysterie neigt, dann ist der Teufel los.»

«Sie meinen, da sei nichts weiter dran?»

«Ah – *voilà* –, ich weiß nicht, Hastings. Doch ich finde den Fall spannend. Ich finde ihn ungeheuer spannend. Denn, sehen Sie, es ist absolut nichts Neues daran. Daher die Vermutung, es liege Hysterie vor, und doch machte mir Mrs Pengelley nicht den Eindruck einer hysterischen Frau. Ja, wenn ich mich nicht täusche, haben wir es hier mit einem sehr ergreifenden menschlichen Drama zu tun. Sagen Sie mir, Hastings, wie schätzen Sie Mrs Pengelleys Gefühle ihrem Mann gegenüber ein?»

»Treue, die mit Angst kämpft», behauptete ich.

«Ja, gewöhnlich beschuldigt eine Frau jeden auf der Welt – nicht aber ihren Ehemann. Sie wird an ihrem Vertrauen unter allen Umständen festhalten.»

«Die ‹andere Frau› macht die Sache schwierig.»

»Ja, Zuneigung schlägt leicht in Hass um, wenn sie von Eifersucht angestachelt wird. Doch Hass würde die Frau zur Polizei führen – nicht zu mir. Sie würde sich einen Schrei der Entrüstung wünschen – einen Skandal. Nein, nein, lassen wir unsere kleinen grauen Zellen ein wenig arbeiten. Warum kam die Frau zu mir? Damit ich ihr beweise, dass sich ihre Verdächtigungen als falsch herausstellen? Oder – damit sie erhärtet werden? Ah, wir haben es hier mit etwas zu tun, was ich nicht verstehe – mit einem unbekannten Faktor. Ist sie eine blendende Schauspielerin, unsere Mrs Pengelley? Nein, sie war aufrichtig, ich würde schwören, dass sie aufrichtig war, und daher liegt mir an dem Fall. Schlagen Sie, bitte, die Zugverbindungen nach Polgarwith nach!»

Der günstigste Zug des Tages war der um ein Uhr fünfzig ab Paddington, der kurz nach sieben in Polgarwith ankam. Die Reise verlief ereignislos, und ich musste ein angenehmes Nickerchen jäh beenden, um auf dem Bahnsteig der öden kleinen Station auszusteigen. Wir brachten unsere

tion. We took our bags to the Duchy Hotel, and after a light meal, Poirot suggested our stepping round to pay an after-dinner call on my so-called cousin.

The Pengelleys' house stood a little way back from the road with an old-fashioned cottage garden in front. The smell of stocks and mignonette came sweetly wafted on the evening breeze. It seemed impossible to associate thoughts of violence with this Old World charm. Poirot rang and knocked. As the summons was not answered, he rang again. This time, after a little pause, the door was opened by a dishevelled-looking servant. Her eyes were red, and she was sniffing violently.

"We wish to see Mrs Pengelley," explained Poirot. "May we enter?"

The maid stared. Then, with unusual directness, she answered: "Haven't you heard, then? She's dead. Died this evening about half an hour ago."

We stood staring at her, stunned.

"What did she die of?" I asked at last.

"There's some as could tell." She gave a quick glance over her shoulder. "If it wasn't that somebody ought to be in the house with the missus, I'd pack my box and go tonight. But I'll not leave her dead with no one to watch by her. It's not my place to say anything, and I'm not going to say anything – but everybody knows. It's all over the town. And if Mr Radnor don't write to the ‹Ome Secretary› someone else will. The doctor may say what he likes. Didn't I see the master with my own eyes a-lifting down of the weed-killer from the shelf this very evening? And didn't he jump when he turned round and saw me watching of

Koffer ins Hotel «Duchy» und nach einem leichten Essen schlug Poirot vor, einen Bummel zu machen und nach dem Abendessen meine angebliche Tante aufzusuchen.

Das Haus der Pengelleys mit seinem altmodischen Bauerngarten lag etwas zurückgesetzt von der Straße. Die abendliche Brise trug uns den süßen Duft von Levkojen und Reseda zu. Es erschien unmöglich, Gedanken an Gewalttätigkeit mit dieser Anmut vergangener Zeiten in Verbindung zu bringen. Poirot klingelte und klopfte. Da niemand reagierte, klingelte er erneut. Nach einer kleinen Weile öffnete eine zerzaust aussehende Bedienstete. Sie hatte gerötete Augen und schniefte heftig.

«Wir möchten Mrs Pengelley sprechen», erklärte Poirot. «Dürfen wir eintreten?»

Die Bedienstete machte große Augen. Dann antwortete sie ungewöhnlich direkt: «Haben Sie's denn nicht gehört? Sie ist tot. Heute Abend gestorben – vor ungefähr einer halben Stunde.»

Wir standen da und starrten sie an, niedergeschmettert.

«Woran ist sie gestorben?», fragte ich schließlich.

«Dazu könnten gewisse Leute einiges sagen.» Sie blickte kurz über die Schulter. «Wenn nicht jemand bei der gnädigen Frau im Haus bleiben sollte, würde ich meinen Koffer packen und noch heute Abend weggehen. Aber ich lasse sie hier nicht tot liegen, ohne dass jemand bei ihr Wache hält. Es steht mir nicht zu, etwas zu sagen, und ich werde nichts sagen – doch jeder weiß Bescheid. Das Gerücht geht in der ganzen Stadt um. Und falls Mr Radnor nicht an den Innenminister schreibt, wird es jemand anderes tun. Der Arzt mag sagen, was er will. Habe ich denn nicht selbst gesehen, wie der Herr gerade heute Abend den Unkrautvernichter vom Regal herunterholte? Und ist er nicht aufgeschreckt, als er sich umdrehte und sah, dass ich ihn beobachtete? Und die

45

him? And the missus' gruel there on the table, all ready to take to her? Not another bit of food passes my lips while I am in this house! Not if I dies for it."

"Where does the doctor live who attended your mistress?"

"Dr Adams. Round the corner in High Street. The second house."

Poirot turned away abruptly. He was very pale.

"For a girl who was not going to say anything, that girl said a lot," I remarked dryly.

Poirot struck his clenched hand into his palm.

"An imbecile, a criminal imbecile, that is what I have been, Hastings. I have boasted of my little grey cells, and now I have lost a human life, a life that came to me to be saved. Never did I dream that anything would happen so soon. May the good God forgive me, but I never believed anything would happen at all. Her story seemed to me artificial. Here we are at the doctor's. Let us see what he can tell us."

Dr Adams was the typical genial red-faced country doctor of fiction. He received us politely enough, but at a hint of our errand, his red face became purple.

"Damned nonsense! Damned nonsense, every word of it! Wasn't I in attendance on the case? Gastritis – gastritis pure and simple. This town's a hotbed of gossip – a lot of scandal-mongering old women get together and invent God knows what. They read these scurrilous rags of newspapers, and nothing will suit them but that someone in their town shall get poisoned too. They see a bottle of weed-killer on a shelf – and hey presto! – away goes

Haferschleimsuppe der Gnädigen hier auf dem Tisch, die zubereitet war und ihr gebracht werden sollte? Mir kommt kein Bissen Nahrung mehr über die Lippen, solange ich in diesem Haus bin! Und wenn ich verhungern muss.»

«Wo wohnt der Arzt, der die Dame des Hauses betreut hat?»

«Dr. Adams. Um die Ecke in der High Street. Zweites Haus.»

Poirot wandte sich jäh ab. Er war sehr bleich.

«Für ein Mädchen, das nichts sagen wollte, hat dieses hier sehr viel gesagt», bemerkte ich trocken.

Poirot schlug mit seiner Faust in die hohle Hand.

«Ein Idiot, ein sträflicher Idiot bin ich gewesen, Hastings. Ich habe mich meiner kleinen grauen Zellen gerühmt, und jetzt habe ich ein Menschenleben zu verantworten, ein Leben, das zu mir kam, um gerettet zu werden. Nie hätte ich mir träumen lassen, dass so schnell etwas passieren würde. Möge der liebe Gott mir verzeihen, doch ich habe nicht geglaubt, dass überhaupt etwas geschehen würde. Ihre Geschichte kam mir zu gekünstelt vor. Hier sind wir beim Arzt. Wollen wir sehen, was er uns zu sagen hat.»

Dr. Adams war der typische freundliche, rotgesichtige Landarzt, wie er in Romanen geschildert wird. Er empfing uns recht höflich, doch beim Hinweis auf den Zweck unseres Besuches verfärbte sich sein Gesicht purpurn.

«Verdammter Blödsinn! Verdammter Blödsinn, jedes Wort davon! Habe ich nicht den Fall betreut? Gastritis – schlicht Gastritis. Dieser Ort ist eine Brutstätte des Klatsches – ein Haufen sensationslüsterner alter Weiber kommt zusammen und erfindet Gott weiß was. Sie lesen diese unflätigen Schmierblätter, und sie geben nicht Ruhe, bis auch in ihrer Stadt jemand vergiftet werden soll. Sie sehen eine Flasche Unkrautvernichter auf einem Regal – und holla hopp! –

their imagination with the bit between his teeth. I know Edward Pengelley – he wouldn't poison his grandmother's dog. And why should he poison his wife? Tell me that?"

"There is one thing, Monsieur le Docteur, that perhaps you do not know."

And, very briefly, Poirot outlined the main facts of Mrs Pengelley's visit to him. No one could have been more astonished than Dr Adams. His eyes almost started out of his head.

"God bless my soul!" he ejaculated. "The poor woman must have been mad. Why didn't she speak to me? That was the proper thing to do."

"And have her fears ridiculed?"

"Not at all, not at all. I hope I've got an open mind."

Poirot looked at him and smiled. The physician was evidently more perturbed than he cared to admit. As we left the house, Poirot broke into a laugh.

"He is as obstinate as a pig, that one. He has said it is gastritis; therefore it is gastritis! All the same, he has the mind uneasy."

"What's our next step?"

"A return to the inn, and a night of horror upon one of your English provincial beds, *mon ami*. It is a thing to make pity, the cheap English bed!"

"And tomorrow?"

"*Rien à faire*. We must return to town and await developments."

"That's very tame," I said, disappointed. "Suppose there are none?"

"There will be! I promise you that. Our old doctor may give as many certificates as he pleases. He cannot stop several hundred tongues from wagging.

schon legt sich ihre Phantasie mächtig ins Zeug. Ich kenne Edward Pengelley – er würde nicht einmal den Hund seiner Großmutter vergiften. Und warum sollte er seine Frau vergiften? Können Sie mir das erklären?»

«Da ist ein Umstand, Herr Doktor, den Sie vielleicht nicht kennen.»

Und sehr knapp schilderte Poirot die wesentlichen Aspekte von Mrs Pengelleys Besuch bei ihm. Niemand hätte mehr erstaunt sein können als Dr. Adams. Ihm fielen beinahe die Augen aus dem Kopf.

«Gerechter Gott!», rief er aus. «Die arme Frau musste übergeschnappt sein. Warum hat sie mir nichts gesagt? Das wäre angebracht gewesen.»

«Und hätte sich ihrer Ängste wegen auslachen lassen sollen?»

«Durchaus nicht, durchaus nicht. Ich meine, vorurteilsfrei zu sein.»

Poirot sah ihn an und lächelte. Der Mediziner war offensichtlich stärker verunsichert, als er zugeben wollte. Als wir das Haus verließen, brach Poirot in ein Gelächter aus.

«Er ist ein Dickschädel, der Bursche. Er hat gesagt, es sei Gastritis; daher ist es auch Gastritis. Dennoch ist ihm nicht wohl in seiner Haut.»

«Was ist unser nächster Schritt?»

«Eine Rückkehr zum Gasthaus und eine Schreckensnacht auf einem eurer englischen Provinzbetten, *mon ami*. Das ist etwas Erbärmliches, das billige englische Bett!»

«Und morgen?»

«*Rien à faire*. Wir müssen nach London zurück und abwarten, was sich tut.»

«Das ist sehr fad», sagte ich enttäuscht. «Angenommen, es tut sich nichts?»

«Es wird sich was tun! Das verspreche ich Ihnen. Unser alter Arzt mag so viele Bescheinigungen ausstellen, wie er will. Er kann nicht verhindern, dass hundert Zungen tuscheln. Und

And they will wag to some purpose, I can tell you that!"

Our train for town left at eleven the following morning. Before we started for the station, Poirot expressed a wish to see Miss Freda Stanton, the niece mentioned to us by the dead woman. We found the house where she was lodging easily enough. With her was a tall, dark young man whom she introduced in some confusion as Mr Jacob Radnor.

Miss Freda Stanton was an extremely pretty girl of the old Cornish type – dark hair and eyes and rosy cheeks. There was a flash in those same dark eyes which told of a temper that it would not be wise to provoke.

"Poor Auntie," she said, when Poirot had introduced himself, and explained his business. "It's terribly sad. I've been wishing all the morning that I'd been kinder and more patient."

"You stood a great deal, Freda," interrupted Radnor.

"Yes, Jacob, but I've got a sharp temper, I know. After all, it was only silliness on Auntie's part. I ought to have just laughed and not minded. Of course, it's all nonsense her thinking that Uncle was poisoning her. She was worse after any food he gave her – but I'm sure it was only from thinking about it. She made up her mind she would be, and then she was."

"What was the actual cause of your disagreement, mademoiselle?"

Miss Stanton hesitated, looking at Radnor. That young gentleman was quick to take the hint.

"I must be getting along, Freda. See you this

sie werden mit einigem Erfolg tuscheln, das kann ich Ihnen sagen!»

Unser Zug nach London ging am folgenden Morgen um elf Uhr. Ehe wir zum Bahnhof aufbrachen, äußerte Poirot den Wunsch, Miss Freda Stanton aufzusuchen, die Nichte, welche die tote Frau uns gegenüber erwähnt hatte. Das Haus, in dem sie wohnte, war leicht zu finden. Sie war in Gesellschaft eines brünetten jungen Mannes, den sie etwas verlegen als Mr Jacob Radnor vorstellte.

Miss Freda Stanton war ein äußerst hübsches junges Mädchen vom alten kornischen Schlag – dunkles Haar, dunkle Augen und rosige Wangen. In ebenjenen dunklen Augen lag ein Glanz, der auf ein hitziges Temperament verwies, das man klugerweise nicht herausfordern sollte.

«Das arme Tantchen», sagte sie, als Poirot sich vorgestellt und erklärt hatte, was ihn hierher führte. «Es ist furchtbar traurig. Ich wünsche mir schon den ganzen Morgen, ich wäre netter und geduldiger mit ihr gewesen.»

«Du hast dir einiges gefallen lassen, Freda», unterbrach Radnor.

«Ja, Jacob, doch ich weiß, dass ich aufbrausend bin. Letztlich war es nur eine von Tantchens Schrullen. Ich hätte einfach lachend darüber hinweggehen sollen. Natürlich ist das alles Unsinn, dass sie geglaubt hat, der Onkel wolle sie vergiften. Jedes Mal, wenn er ihr etwas zu essen vorsetzte, fühlte sie sich nicht wohl, aber ich glaube, das kam vom bloßen Gedanken daran. Sie setzte sich in den Kopf, vergiftet zu werden, und dann passierte es wirklich.»

«Was war die eigentliche Ursache Ihres Zwistes, Mademoiselle?»

Miss Stanton zögerte und blickte Radnor an. Der junge Mann verstand den Wink.

«Ich muss jetzt gehen, Freda. Ich sehe dich heute Abend.

evening. Goodbye, gentlemen; you're on your way to the station, I suppose?"

Poirot replied that we were, and Radnor departed.

"You are affianced, is it not so?" demanded Poirot, with a sly smile.

Freda Stanton blushed and admitted that such was the case.

"And that was really the whole trouble with Auntie," she added.

"She did not approve of the match for you?"

"Oh, it wasn't that so much. But you see, she —" The girl came to a stop.

"Yes?" encouraged Poirot gently.

"It seems rather a horrid thing to say about her — now she's dead. But you'll never understand unless I tell you. Auntie was absolutely infatuated with Jacob."

"Indeed?"

"Yes, wasn't it absurd? She was over fifty, and he's not quite thirty! But there it was. She was silly about him! I had to tell her at last that it was me he was after — and she carried on dreadfully. She wouldn't believe a word of it, and was so rude and insulting that it's no wonder I lost my temper. I talked it over with Jacob, and we agreed that the best thing to do was for me to clear out for a bit till she came to her senses. Poor Auntie — I suppose she was in a queer state altogether."

"It would certainly seem so. Thank you, mademoiselle, for making things so clear to me."

A little to my surprise, Radnor was waiting for us in the street below.

"I can guess pretty well what Freda has been tell-

Auf Wiedersehen, meine Herren, Sie sind vermutlich unterwegs zum Bahnhof, ja?»

Poirot bestätigte, dass dem so sei, und Radnor machte sich auf den Weg.

«Sie sind verlobt, nicht wahr?», fragte Poirot und lächelte hintergründig.

Freda Stanton errötete und gab zu, dass dem so sei.

«Und darum ging es in dem ganzen Zwist mit Tantchen eigentlich», fügte sie hinzu.

«War sie mit dem Verhältnis nicht einverstanden?»

«Oh, das war es gar nicht so sehr. Doch wissen Sie …» Das Mädchen hielt inne.

«Ja?», ermutigte Poirot sie freundlich.

«Es wirkt ziemlich herzlos, wenn ich das von ihr sage – jetzt, wo sie tot ist. Doch wenn ich es Ihnen nicht erzähle, werden Sie's nie verstehen. Tantchen war in Jacob ganz und gar verknallt.»

«Tatsächlich?»

«Ja, war das nicht albern? Sie war über fünfzig und er kaum dreißig! Sie war verrückt nach ihm! Ich musste ihr schließlich sagen, dass er hinter mir her war – und sie regte sich fürchterlich auf. Sie glaubte mir kein Wort und war so grob und beleidigend, dass es kein Wunder ist, dass ich die Geduld verlor. Ich sprach mit Jacob darüber, und wir kamen überein, dass es am besten für mich sei, für eine Weile zu verschwinden, bis sie wieder Vernunft annehmen würde. Das arme Tantchen – vermutlich war sie insgesamt in seltsamer Verfassung.»

«Es hat ganz den Anschein. Ich danke Ihnen, Mademoiselle, dass Sie mich über die Sache aufgeklärt haben!»

Ein wenig zu meiner Überraschung erwartete uns Radnor unten auf der Straße.

«Ich kann mir ziemlich gut denken, was Freda Ihnen jetzt

ing you," he remarked. "It was a most unfortunate thing to happen, and very awkward for me, as you can imagine. I need hardly say that it was none of my doing. I was pleased at first, because I imagined the old woman was helping on things with Freda. The whole thing was absurd – but extremely unpleasant."

"When are you and Miss Stanton going to be married?"

"Soon, I hope. Now, Monsieur Poirot, I'm going to be candid with you. I know a bit more than Freda does. She believes her uncle to be innocent. I'm not so sure. But I can tell you one thing: I'm going to keep my mouth shut about what I do know. Let sleeping dogs lie. I don't want my wife's uncle tried and hanged for murder."

"Why do you tell me all this?"

"Because I've heard of you, and I know you're a clever man. It's quite possible that you might ferret out a case against him. But I put it to you – what good is that? The poor woman is past help, and she'd have been the last person to want a scandal – why, she'd turn in her grave at the mere thought of it."

"You are probably right there. You want me to – hush it up, then?"

"That's my idea. I'll admit frankly that I'm selfish about it. I've got my way to make – and I'm building up a good little business as a tailor and outfitter."

"Most of us are selfish, Mr Radnor. Not all of us admit it so freely. I will do what you ask – but I tell you frankly you will not succeed in hushing it up."

"Why not?"

erzählt hat», bemerkte er. «Es war höchst unglücklich, was da geschehen ist, und sehr unangenehm für mich, wie Sie sich vorstellen können. Ich muss wohl kaum erwähnen, dass ich nichts damit zu tun hatte. Zuerst war ich erfreut, weil ich glaubte, die alte Frau wolle behilflich sein, die Sache mit Freda voranzutreiben. Die ganze Geschichte war albern – aber äußerst unerfreulich.»

«Wann gedenken Sie und Miss Stanton zu heiraten?»

«Bald, hoffentlich. Monsieur Poirot, ich will aufrichtig zu Ihnen sein. Ich weiß ein bisschen mehr als Freda. Sie hält ihren Onkel für unschuldig. Ich bin mir da nicht so sicher. Doch eines kann ich Ihnen sagen: Ich werde schweigen über das, was ich tatsächlich weiß. Schlafende Hunde soll man nicht wecken! Ich will nicht, dass der Onkel meiner Frau verurteilt und wegen Mordes gehängt wird.»

«Warum erzählen Sie mir das alles?»

«Weil ich von Ihnen gehört habe und weiß, dass Sie ein kluger Mann sind. Es ist durchaus möglich, dass Sie ihm einen Strick daraus drehen könnten. Doch ich frage Sie – wem wäre damit gedient? Der armen Frau hilft es nicht mehr, und sie wäre die Letzte, die sich einen Skandal gewünscht hätte – bei dem bloßen Gedanken daran würde sie sich im Grabe umdrehen.»

«Da haben Sie wahrscheinlich recht. Sie wollen also, dass ich – die Sache vertusche?»

«Ja, genau. Ich gebe offen zu, dass ich dabei nicht selbstlos bin. Ich möchte mir eine Existenz aufbauen – und bin im Begriff, mir ein gutes kleines Geschäft als Schneider und Ausstatter einzurichten.»

«Die wenigsten von uns sind selbstlos, Mr Radnor. Nicht alle geben es so freimütig zu. Ich werde tun, worum Sie mich bitten – doch ich sage Ihnen unverhohlen, dass es Ihnen nicht gelingen wird, die Sache zu vertuschen.»

«Warum nicht?»

Poirot held up a finger. It was market day, and we were passing the market – a busy hum came from within.

"The voice of the people – that is why, Mr Radnor. Ah, we must run, or we shall miss our train."

"Very interesting, is it not, Hastings?" said Poirot, as the train steamed out of the station.

He had taken out a small comb from his pocket, also a microscopic mirror, and was carefully arranging his moustache, the symmetry of which had become slightly impaired during our brisk run.

"You seem to find it so," I replied. "To me, it is all rather sordid and unpleasant. There's hardly any mystery about it."

"I agree with you; there is no mystery whatever."

"I suppose we can accept the girl's rather extraordinary story of her aunt's infatuation? That seemed the only fishy part to me. She was such a nice, respectable woman."

"There is nothing extraordinary about that – it is completely ordinary. If you read the papers carefully, you will find that often a nice respectable woman of that age leaves a husband she has lived with for twenty years, and sometimes a whole family of children as well, in order to link her life with that of a young man considerably her junior. You admire *les femmes*, Hastings; you prostrate yourself before all of them who are good-looking and have the good taste to smile upon you; but psychologically you know nothing whatever about them. In the autumn of a woman's life, there comes always one mad moment when she longs for romance, for adventure – before it is too late.

Poirot hielt einen Finger in die Höhe. Es war Markttag, und wir gingen gerade an der Markthalle vorüber – von drinnen kam ein geschäftiges Summen.

«Volkes Stimme – deshalb, Mr Radnor. Ah, wir müssen laufen, sonst verpassen wir unseren Zug.»

«Sehr spannend, nicht wahr, Hastings?», sagte Poirot, als der Zug aus dem Bahnhof hinausdampfte.

Er hatte einen kleinen Kamm aus der Tasche gezogen, auch einen winzigen Spiegel, und brachte sorgfältig seinen Schnurrbart in Ordnung, dessen Symmetrie während unseres flotten Laufes ein wenig gelitten hatte.

«Für Sie stellt sich das wohl so dar», erwiderte ich. «Für mich ist das alles eher garstig und unerquicklich. Es steckt kaum etwas Rätselhaftes darin.»

«Ich stimme Ihnen zu. Rätselhaft ist hier überhaupt nichts.»

«Vermutlich können wir die ziemlich ungewöhnliche Geschichte der jungen Dame über die Verliebtheit ihrer Tante glauben, oder? Das schien mir der einzige verdächtige Teil zu sein. Sie war so eine nette, ehrenwerte Frau.»

«Daran ist nichts Ungewöhnliches – es ist ganz und gar gewöhnlich. Wenn man die Zeitungen sorgfältig liest, wird man oft entdecken, dass eine nette, geachtete Frau in diesem Alter einen Ehemann, mit dem sie zwanzig Jahre lang gelebt hat, und manchmal auch eine ganze Familie mit Kindern verlässt, um ihr Leben mit einem Mann zu verbinden, der beträchtlich jünger ist als sie. Sie bewundern *les femmes*, Hastings, und werfen sich in den Staub vor allen, die gut aussehen und geneigt sind, Ihnen zuzulächeln, doch was die Psychologie angeht, verstehen Sie überhaupt nichts von ihnen. Frauen in vorgerückten Jahren neigen irgendwann zu Torheiten und sehnen sich nach einer Romanze, einem Abenteuer – ehe es zu spät ist.

It comes none the less surely to a woman because she is the wife of a respectable dentist in a country town!"

"And you think –"

"That a clever man might take advantage of such a moment."

"I shouldn't call Pengelley so clever," I mused. "He's got the whole town by the ears. And yet I suppose you're right. The only two men who know anything, Radnor and the doctor, both want to hush it up. He's managed that somehow. I wish we'd seen the fellow."

"You can indulge your wish. Return by the next train and invent an aching molar."

I looked at him keenly.

"I wish I knew what you considered so interesting about the case."

"My interest is very aptly summed up by a remark of yours, Hastings. After interviewing the maid, you observed that for someone who was not going to say a word, she had said a good deal."

"Oh!" I said doubtfully; then I harped back to my original criticism: "I wonder why you made no attempt to see Pengelley?"

"*Mon ami*, I give him just three months. Then I shall see him for as long as I please – in the dock."

For once I thought Poirot's prognostications were going to be proved wrong. The time went by, and nothing transpired as to our Cornish case. Other matters occupied us, and I had nearly forgotten the Pengelley tragedy when it was suddenly recalled to me by a short paragraph in the paper which stated

Es kommt nicht weniger gewiss über eine Frau, weil sie die Gattin eines geachteten Zahnarztes in einem Landstädtchen ist.»

«Und Sie glauben ...»

«Dass ein gerissener Mann sich so etwas zunutze machen könnte.»

«Ich würde Pengelley nicht als besonders gerissen bezeichnen», überlegte ich. «Er hat die ganze Stadt auf seiner Seite. Und doch haben Sie vermutlich recht. Die beiden Einzigen, die etwas wissen, Radnor und der Arzt, wollen die Sache vertuschen. Irgendwie hat er das hingekriegt. Ich wünschte, wir hätten den Burschen gesehen.»

«Ihren Wunsch können Sie befriedigen. Fahren Sie mit dem nächsten Zug zurück und erfinden Sie einen Backenzahn, der Sie schmerzt.»

Ich blickte ihn scharf an.

«Ich wollte, ich wüsste, was Sie an dem Fall so spannend fanden.»

«Meine Neugier wird sehr gut in einer Bemerkung zusammengefasst, die von Ihnen stammt, Hastings. Nachdem Sie das Mädchen befragt hatten, äußerten Sie, dass für jemanden, der kein Wort sagen wollte, sie sehr viel gesagt hatte.»

«Oh», meinte ich zweifelnd; dann kam ich auf meinen ursprünglichen Einwand zurück: «Ich frage mich, warum Sie keinen Versuch unternahmen, Pengelley zu sehen.»

«*Mon ami*, ich gebe ihm nur ein Vierteljahr. Dann werde ich ihn so lange sehen, wie es mir gefällt – auf der Anklagebank.»

Dieses eine Mal glaubte ich, Poirots Voraussagen würden sich als falsch erweisen. Die Zeit verging, und nichts sickerte über unseren Fall aus Cornwall durch. Andere Dinge beschäftigten uns, und ich hatte die Pengelley-Tragödie fast vergessen, als sie mir plötzlich durch eine kurze Zeitungsnotiz in Erinnerung gerufen wurde, in der es hieß, dass vom Innerministe-

that an order to exhume the body of Mrs Pengelley had been obtained from the Home Secretary.

A few days later, and "The Cornish Mystery" was the topic of every paper. It seemed that gossip had never entirely died down, and when the engagement of the widower to Miss Marks, his secretary, was announced, the tongues burst out again louder than ever. Finally a petition was sent to the Home Secretary; the body was exhumed; large quantities of arsenic were discovered; and Mr Pengelley was arrested and charged with the murder of his wife.

Poirot and I attended the preliminary proceedings. The evidence was much as might have been expected. Dr Adams admitted that the symptoms of arsenical poisoning might easily be mistaken for those of gastritis. The Home Office expert gave his evidence; the maid Jessie poured out a flood of voluble information, most of which was rejected, but which certainly strengthened the case against the prisoner. Freda Stanton gave evidence as to her aunt's being worse whenever she ate food prepared by her husband. Jacob Radnor told how he had dropped in unexpectedly on the day of Mrs Pengelley's death, and found Pengelley replacing the bottle of weed-killer on the pantry shelf, Mrs Pengelley's gruel being on the table close by. Then Miss Marks, the fair-haired secretary, was called, and wept and went into hysterics and admitted that there had been "passages" between her and her employer, and that he had promised to marry her in the event of anything happening to his wife. Pengelley reserved his defence and was sent for trial.

rium eine Anweisung erwirkt worden sei, den Leichnam von Mrs Pengelley zu exhumieren.

Ein paar Tage später, und das «Rätsel von Cornwall» war Thema in allen Zeitungen. Anscheinend war das Gerede nie ganz verstummt, und als die Verlobung des Witwers mit Miss Marks, seiner Sekretärin, angezeigt wurde, brach das Tuscheln wieder los, lauter denn je. Schließlich wurde ein Gesuch an das Innenministerium geschickt; der Leichnam wurde exhumiert, man entdeckte große Mengen Arsen, und Mr Pengelley wurde verhaftet und des Mordes an seiner Frau bezichtigt.

Poirot und ich besuchten die Voruntersuchungen. Die Beweisaufnahme gestaltete sich, wie zu erwarten war, umfangreich. Dr. Adams räumte ein, dass die Anzeichen für Arsenvergiftung fälschlicherweise leicht als Gastritis gedeutet werden könnten. Der Fachmann des Innenministeriums gab seine Darstellung ab; das Dienstmädchen Jessie ließ einen Schwall geschwätziger Einzelheiten los, von denen das meiste verworfen wurde, aber dennoch die Front gegen den Angeklagten stärkte. Freda Stanton sagte als Zeugin aus, dass es ihrer Tante immer schlecht ging, wenn sie etwas aß, das ihr Gatte zubereitet hatte. Jacob Radnor erzählte, wie er am Tag von Mrs Pengelleys Tod unerwartet vorbeigeschaut und beobachtet habe, dass Pengelley die Flasche mit dem Unkrautvernichter wieder auf das Speisekammerregal stellte, während Mrs Pengelleys Haferbrei auf dem Tisch ganz in der Nähe stand. Dann wurde Miss Marks, die blonde Sekretärin, gerufen; sie weinte, bekam hysterische Anfälle und gab zu, es habe zwischen ihr und ihrem Arbeitgeber «Beziehungen» gegeben, und er habe ihr die Heirat versprochen für den Fall, dass seiner Frau etwas zustoße. Pengelley behielt sich seine Verteidigung vor, und sein Fall wurde ans Schwurgericht verwiesen.

Jacob Radnor walked back with us to our lodgings.

"You see, Mr Radnor," said Poirot, "I was right. The voice of the people spoke – and with no uncertain voice. There was to be no hushing up of this case."

"You were quite right," sighed Radnor. "Do you see any chance of his getting off?"

"Well, he has reserved his defence. He may have something – up the sleeves, as you English say. Come in with us, will you not?"

Radnor accepted the invitation. I ordered two whiskies and sodas and a cup of chocolate. The last order caused consternation, and I much doubted whether it would ever put in an appearance.

"Of course," continued Poirot, "I have a good deal of experience in matters of this kind. And I see only one loophole of escape for our friend."

"What is it?"

"That you should sign this paper."

With the suddenness of a conjuror, he produced a sheet of paper covered with writing.

"What is it?"

"A confession that you murdered Mrs Pengelley."

There was a moment's pause; then Radnor laughed.

"You must be mad!"

"No, no, my friend, I am not mad. You came here; you started a little business; you were short of money. Mr Pengelley was a man very well-to-do. You met his niece; she was inclined to smile upon you. But the small allowance that Pengelley might have given her upon her marriage was not enough for you. You must get rid of both the uncle and the aunt; then the money would come to her, since she was the only relative. How cleverly you set

Jacob Radnor begleitete uns zu unserem Gasthof.

«Sie sehen, Mr Radnor, dass ich recht hatte», sagte Poirot. «Volkes Stimme hat gesprochen – und zwar mit Bestimmtheit. Es sollte in diesem Fall kein Vertuschen geben.»

«Sie hatten völlig recht», seufzte Radnor. «Sehen Sie irgendeine Möglichkeit, dass er davonkommt?»

«Nun, er hat sich seine Verteidigung vorbehalten. Er hat vielleicht noch eine Trumpfkarte im Ärmel, wie ihr Engländer sagt. Wollen Sie mit uns hereinkommen?»

Radnor nahm die Einladung an. Ich bestellte zwei Whisky mit Soda und eine Tasse Schokolade. Letztere Bestellung löste Verblüffung aus, und ich bezweifelte, ob man sie je zu sehen bekäme.

«Natürlich», fuhr Poirot fort, «habe ich viel Erfahrung in solchen Dingen. Und ich sehe für unseren Freund nur ein einziges Schlupfloch.»

«Und das ist?»

«Dass Sie dieses Papier unterschreiben sollten.»

Mit der Abruptheit des Verschwörers zog er einen beschriebenen Bogen Papier hervor.

«Was ist das?»

«Ein Geständnis, dass Sie Mrs Pengelley ermordet haben.»

Einen Augenblick lang entstand eine Pause; dann lachte Radnor.

«Sie müssen verrückt sein!»

«Nein, nein, mein Freund, ich bin nicht verrückt. Sie kamen hierher; Sie zogen ein kleines Geschäft auf; Sie waren knapp bei Kasse. Mr Pengelley war ein sehr wohlhabender Mann. Sie begegneten seiner Nichte, die Ihnen gewogen war. Doch der kleine Zuschuss, den Pengelley ihr vielleicht bei ihrer Heirat gegeben hätte, war Ihnen nicht genug. Sie mussten sowohl den Onkel wie die Tante loswerden; dann würde das Geld an sie fließen, da sie ja die einzige Ver-

about it! You made love to that plain middle-aged woman until she was your slave. You implanted in her doubts of her husband. She discovered first that he was deceiving her – then, under your guidance, that he was trying to poison her. You were often at the house; you had opportunities to introduce the arsenic into her food. But you were careful never to do so when her husband was away. Being a woman, she did not keep her suspicions to herself. She talked to her niece; doubtless she talked to other women friends. Your only difficulty was keeping up separate relations with the two women, and even that was not so difficult as it looked. You explained to the aunt that, to allay the suspicions of her husband, you had to pretend to pay court to the niece. And the younger lady needed little convincing – she would never seriously consider her aunt as a rival.

"But then Mrs Pengelley made up her mind, without saying anything to you, to consult me. If she could be really assured, beyond any possible doubt, that her husband was trying to poison her, she would feel justified in leaving him, and linking her life with yours – which is what she imagined you wanted her to do. But that did not suit your book at all. You did not want a detective prying around. A favourable minute occurs. You are in the house when Mr Pengelley is getting some gruel for his wife, and you introduce the fatal dose. The rest is easy. Apparently anxious to hush matters up, you secretly foment them. But you reckoned without Hercule Poirot, my intelligent young friend."

Radnor was deadly pale, but he still endeavoured to carry off matters with a high hand.

wandte war. Wie schlau Sie es doch eingefädelt haben! Sie umgarnten diese unattraktive Frau mittleren Alters, bis sie Ihnen hörig war. Sie impften ihr Zweifel an ihrem Gatten ein. Zuerst entdeckte sie, dass er sie herinterging – dann, unter Ihrer Führung, dass er versuchte, sie zu vergiften. Sie waren oft im Haus; Sie hatten Gelegenheiten, ihr das Arsen unter das Essen zu mischen. Doch Sie achteten darauf, es nie zu tun, wenn ihr Mann weg war. Da sie eine Frau war, behielt sie ihren Verdacht nicht für sich. Sie sprach darüber mit ihrer Nichte und wahrscheinlich mit anderen befreundeten Frauen. Ihre einzige Schwierigkeit bestand darin, zu den beiden Frauen getrennte Beziehungen zu unterhalten, und selbst das war nicht so schwer, wie es aussah. Sie erklärten der Tante, Sie müssten so tun, als machten Sie der Nichte den Hof, um den Argwohn des Gatten zu zerstreuen. Und die junge Dame musste nicht erst groß überzeugt werden – niemals würde sie ihre Tante im Ernst als Nebenbuhlerin ansehen!

Doch dann beschloss Mrs Pengelley, ohne Ihnen etwas zu sagen, bei *mir* Rat zu suchen. Falls sie wirklich völlig zweifelsfrei überzeugt werden könnte, dass ihr Gatte sie zu vergiften trachtete, würde sie es für gerechtfertigt halten, ihn zu verlassen und ihr Leben mit dem Ihren zu verbinden – was, wie sie sich einbildete, Ihr Wunsch war. Doch das passte Ihnen ganz und gar nicht in den Kram. Sie wollten keinen Detektiv, der überall herumschnüffelt. Da ergibt sich eine günstige Gelegenheit. Sie sind im Haus, als Mr Pengelley gerade Haferbrei für seine Frau zubereitet, und Sie fügen die tödliche Dosis hinzu. Der Rest ist einfach. Scheinbar bemüht, die Sache zu vertuschen, fachen Sie sie insgeheim an. Doch Sie haben die Rechnung ohne Hercule Poirot gemacht, mein kluger junger Freund.»

Radnor war kreidebleich, doch er bemühte sich immer noch, die Sache nicht aus der Hand zu geben.

"Very interesting and ingenious, but why tell me all this?"

"Because, monsieur, I represent – not the law, but Mrs Pengelley. For her sake, I give you a chance of escape. Sign this paper, and you shall have twenty-four hours' start – twenty-four hours before I place it in the hands of the police."

Radnor hesitated.

"You can't prove anything."

"Can't I? I am Hercule Poirot. Look out of the window, monsieur. There are two men in the street. They have orders not to lose sight of you."

Radnor strode across to the window and pulled aside the blind, then shrank back with an oath.

"You see, monsieur? Sign – it is your best chance."

"What guarantee have I –"

"That I shall keep faith? The word of Hercule Poirot. You will sign? Good. Hastings, be so kind as to pull that left-hand blind half-way up. That is the signal that Mr Radnor may leave unmolested."

White, muttering oaths, Radnor hurried from the room. Poirot nodded gently.

"A coward! I always knew it."

"It seems to me, Poirot, that you've acted in a criminal manner," I cried angrily. "You always preach against sentiment. And here you are letting a dangerous criminal escape out of sheer sentimentality."

"That was not sentiment – that was business," replied Poirot. "Do you not see, my friend, that we have no shadow of proof against him? Shall I get up and say to twelve stolid Cornishmen that I, Hercule Poirot, *know*? They would laugh at me. The only chance was to frighten him and get a con-

«Sehr interessant und gut ausgedacht, doch warum erzählen Sie mir das alles?»

«Weil ich, Monsieur, nicht das Gesetz vertrete, sondern Mrs Pengelley. Ihretwegen gebe ich Ihnen eine Gelegenheit davonzukommen. Unterzeichnen Sie dieses Papier, und Sie sollen vierundzwanzig Stunden Vorsprung bekommen – vierundzwanzig Stunden, ehe ich es der Polizei übergebe.»

Radnor zögerte.

«Sie können nichts beweisen.»

«Meinen Sie? Ich bin Hercule Poirot. Blicken Sie zum Fenster hinaus, Monsieur. Dort auf der Straße stehen zwei Männer. Sie haben Anweisungen, Sie nicht aus den Augen zu lassen.»

Radnor schritt hinüber zum Fenster, zog die Jalousie beiseite und wich fluchend zurück.

«Sehen Sie, Monsieur? Unterzeichnen – das ist die beste Möglichkeit.»

«Was habe ich für eine Garantie ...»

«Dass ich Wort halten werde? Hercule Poirots Ehrenwort. Wollen Sie unterzeichnen? Gut. Hastings, seien Sie so nett, die linke Jalousie zur Hälfte hochzuziehen. Das ist das Zeichen, dass Mr Radnor unbelästigt verschwinden kann.»

Kreideweiß eilte Radnor unter Gemurmel von Flüchen aus dem Zimmer. Poirot nickte leicht.

«Ein Feigling! Ich wusste es immer.»

«Mir scheint, Poirot, Sie haben kriminell gehandelt», rief ich zornig. «Sie predigen immer gegen Gefühlsregungen. Und hier lassen Sie einen gefährlichen Verbrecher aus reiner Rührseligkeit entwischen.»

«Da war kein Gefühl im Spiel – das war ein Geschäft», erwiderte Poirot. «Sehen Sie denn nicht, mein Freund, dass wir nicht den Schatten eines Beweises gegen ihn haben? Soll ich aufstehen und zwölf gestandenen Männern aus Cornwall sagen, dass ich, Hercule Poirot, Bescheid weiß? Sie würden mich auslachen. Die einzige Möglichkeit bestand darin, ihm

fession that way. Those two loafers that I noticed outside came in very useful. Pull down the blind again, will you, Hastings. Not that there was any reason for raising it. It was part of our *mise en scène*.

"Well, well, we must keep our word. Twenty-four hours, did I say? So much longer for poor Mr Pengelley – and it is not more than he deserves; for mark you, he deceived his wife. I am very strong on the family life, as you know. Ah, well, twenty-four hours – and then? I have great faith in Scotland Yard. They will get him, *mon ami*; they will get him."

Angst einzujagen und auf diese Weise ein Geständnis zu erhalten. Diese beiden Gaffer, die ich dort draußen bemerkte, kamen mir sehr gelegen. Lassen Sie die Jalousie bitte wieder herunter, Hastings. Es bestand ohnehin kein Grund, sie hochzuziehen. Das war Teil unserer Inszenierung.

Na gut, wir müssen Wort halten. Vierundzwanzig Stunden, sagte ich doch? So viel länger also für den armen Mr Pengelley – und es ist keinesfalls mehr, als er verdient, denn bedenken Sie, er betrog schließlich seine Frau. Wie Sie wissen, bin ich sehr für das Familienleben. Ah, gut, vierundzwanzig Stunden – und dann? Ich vertraue sehr auf Scotland Yard. Sie werden ihn kriegen, *mon ami*, sie werden ihn kriegen.»

The Chocolate Box

It was a wild night. Outside, the wind howled malevolently, and the rain beat against the windows in great gusts.

Poirot and I sat facing the hearth, our legs stretched out to the cheerful blaze. Between us was a small table. On my side of it stood some carefully brewed hot toddy; on Poirot's was a cup of thick, rich chocolate which I would not have drunk for a hundred pounds! Poirot sipped the thick brown mess in the pink china cup, and sighed with contentment.

"*Quelle belle vie!*" he murmured.

"Yes, it's a good old world," I agreed. "Here am I with a job, and a good job too! And here are you, famous—"

"Oh, *mon ami*!" protested Poirot.

"But you are. And rightly so! When I think back on your long line of successes, I am positively amazed. I don't believe you know what failure is!"

"He would be a droll kind of original who could say that!"

"No, but seriously, *have* you ever failed?"

"Innumerable times, my friend. What would you? *La bonne chance*, it cannot always be on your side. I have been called in too late. Very often another, working towards the same goal, has arrived there first. Twice have I been stricken down with illness just as I was on the point of success. One must take the downs with the ups, my friend."

"I didn't quite mean that," I said. "I meant, had

Die Pralinenschachtel

Es war eine schreckliche Nacht. Draußen heulte der Wind feindselig, und Regenböen hämmerten gegen die Fenster.

Poirot und ich saßen am Kamin und streckten die Beine der wärmenden Glut entgegen. Zwischen uns stand ein kleiner Tisch, darauf auf meiner Seite ein gewissenhaft zubereiteter heißer Grog, auf Poirots Seite eine Tasse cremiger Schokolade, die ich um keinen Preis getrunken hätte! Poirot schlürfte das dickflüssige braune Gesöff aus der rosa Porzellantasse und seufzte vor Zufriedenheit.

«*Quelle belle vie!*», murmelte er.

«Ja, die Welt ist doch schön», pflichtete ich bei. «Hier bin ich und habe eine Arbeit, noch dazu eine gute Arbeit! Und Sie sind hier, berühmt ...»

«Nicht doch, *mon ami!*», widersprach Poirot.

«Sie sind aber berühmt, und zu Recht! Wenn ich auf Ihre lange Reihe von Erfolgen zurückblicke, bin ich voller Bewunderung. Ich glaube, Sie wissen überhaupt nicht, was Versagen ist!»

«Wer das von sich behaupten könnte, wäre ein seltsamer Kauz!»

«Nein, im Ernst, *haben* Sie wirklich jemals versagt?»

«Unzählige Male, mein Freund. Was denken Sie denn? *La bonne chance*, das Glück, es kann nicht immer auf deiner Seite sein. Ich wurde zu spät zurate gezogen. Sehr oft war ein anderer zuerst zur Stelle, der das gleiche Ziel im Auge hatte. Zweimal lag ich krank danieder, gerade als ich dicht vor dem Erfolg stand. Man muss die Höhen und Tiefen des Lebens hinnehmen, mein Freund.»

«So habe ich das eigentlich nicht gemeint», sagte ich. «Ich

you ever been completely down and out over a case through your own fault?"

"Ah, I comprehend! You ask if I have ever made the complete prize ass of myself, as you say over here? Once, my friend –" A slow, reflective smile hovered over his face. "Yes, once I made a fool of myself."

He sat up suddenly in his chair.

"See here, my friend, you have, I know, kept a record of my little successes. You shall add one more story to the collection, the story of a failure!"

He leaned forward and placed a log on the fire. Then, after carefully wiping his hands on a little duster that hung on a nail by the fireplace, he leaned back and commenced his story.

That of which I tell you (said Monsieur Poirot) took place in Belgium many years ago. It was at the time of the terrible struggle in France between church and state. Monsieur Paul Déroulard was a French deputy of note. It was an open secret that the portfolio of a Minister awaited him. He was among the bitterest of the anti-Catholic party, and it was certain that on his accession to power, he would have to face violent enmity. He was in many ways a peculiar man. Though he neither drank nor smoked, he was nevertheless not so scrupulous in other ways. You comprehend, Hastings, *c'était des femmes – toujours des femmes!*

He had married some years earlier a young lady from Brussels who had brought him a substantial *dot*. Undoubtedly the money was useful to him in his career, as his family was not rich, though on the other hand he was entitled to call himself Monsieur le Baron if he chose. There were no children of the marriage,

meinte: Haben Sie schon einmal aus eigener Schuld bei einem Fall ganz und gar versagt?»

«Ah, ich verstehe! Sie fragen, ob ich mich je komplett zum Esel gemacht habe, wie man hier sagt? Einmal, mein Freund ...» Ein zögerndes, nachdenkliches Lächeln huschte über sein Gesicht. «Ja, einmal habe ich mich zum Narren gemacht.»

Er richtete sich abrupt in seinem Sessel auf.

«Schauen Sie, mein Freund, Sie haben, wie ich weiß, meine kleinen Erfolge festgehalten. Sie sollen der Sammlung eine weitere Geschichte hinzufügen, die Geschichte eines Versagens!»

Er beugte sich vor und legte ein Holzscheit auf das Feuer. Nachdem er sich dann sorgfältig die Hände an einem kleinen Staublappen abgewischt hatte, der an einem Nagel neben dem Kamin hing, lehnte er sich zurück und begann seine Geschichte.

Was ich Ihnen erzähle (sagte Monsieur Poirot), trug sich vor vielen Jahren in Belgien zu. Es geschah zur Zeit des heftigen Kampfes zwischen Kirche und Staat in Frankreich. Monsieur Paul Déroulard war ein prominenter französischer Abgeordneter. Es war ein offenes Geheimnis, dass seine Ernennung zum Minister kurz bevorstand. Er zählte zu den entschiedensten Mitgliedern der antikatholischen Partei, und es stand fest, dass er, sobald er an die Macht käme, auf heftige Feindschaft stoßen würde. In vieler Hinsicht war er ein sonderbarer Mensch. Obwohl weder Trinker noch Raucher, war er doch in anderen Dingen weniger zurückhaltend. Sie verstehen, Hastings, *c'étaient des femmes – toujours des femmes!*

Einige Jahre zuvor hatte er eine junge Dame aus Brüssel geheiratet, die eine beträchtliche Mitgift in die Ehe brachte. Das Geld war seiner Laufbahn sicher förderlich, da seine Familie nicht reich war, obgleich er berechtigt war, sich, wenn es ihm beliebte, Herr Baron zu nennen. Aus der Ehe gingen keine Kinder hervor, und seine Frau starb nach zwei Jahren –

and his wife died after two years – the result of a fall downstairs. Among the property which she bequeathed to him was a house on the Avenue Louise in Brussels.

It was in this house that his sudden death took place, the event coinciding with the resignation of the Minister whose portfolio he was to inherit. All the papers printed long notices of his career. His death, which had taken place quite suddenly in the evening after dinner, was attributed to heart-failure.

At that time, *mon ami*, I was, as you know, a member of the Belgian detective force. The death of Monsieur Paul Déroulard was not particularly interesting to me. I am, as you also know, *bon catholique*, and his demise seemed to me fortunate.

It was some three days afterwards, when my vacation had just begun, that I received a visitor at my own apartments – a lady, heavily veiled, but evidently quite young; and I perceived at once that she was a *jeune fille tout à fait comme it faut*.

"You are Monsieur Hercule Poirot?" she asked in a low sweet voice.

I bowed.

"Of the detective service?"

Again I bowed. "Be seated, I pray of you, mademoiselle," I said.

She accepted a chair and drew aside her veil. Her face was charming, though marred with tears, and haunted as though with some poignant anxiety.

"Monsieur," she said, "I understand that you are now taking a vacation. Therefore you will be free to take up a private case. You understand that I do not wish to call in the police."

I shook my head. "I fear what you ask is impos-

nach einem Sturz auf der Treppe. Zum Besitz, den sie ihm hinterließ, zählte auch ein Haus in der Avenue Louise in Brüssel.

In diesem Haus starb er ganz plötzlich, wobei dieses Ereignis mit der Abdankung des Ministers, dessen Geschäftsbereich er erben sollte, zusammenfiel. Alle Zeitungen druckten lange Artikel über seine Laufbahn. Sein Tod, der am Abend nach dem Essen eingetreten war, wurde auf Herzversagen zurückgeführt.

Zu jener Zeit, *mon ami*, gehörte ich, wie Sie wissen, zur belgischen Kriminalpolizei. Der Tod von Monsieur Paul Déroulard interessierte mich nicht sonderlich. Ich bin, wie Sie ebenfalls wissen, *bon catholique*, und sein Ableben erschien mir als ein günstiger Umstand.

Etwa drei Tage später, als gerade mein Urlaub begonnen hatte, empfing ich in meiner Wohnung eine Besucherin – eine Dame, tief verschleiert, doch offensichtlich recht jung; ich bemerkte sofort, dass sie das war, was man *une jeune fille tout à fait comme il faut* nennt.

«Sie sind Monsieur Hercule Poirot?», fragte sie mit leiser, lieblicher Stimme.

Ich verneigte mich.

«Von der Kriminalpolizei?»

Wiederum verneigte ich mich. «Bitte, Mademoiselle, nehmen Sie Platz!», sagte ich.

Sie nahm auf dem angebotenen Stuhl Platz und zog den Schleier beiseite. Ihr Gesicht war reizend, wenn auch von Tränen entstellt, und wirkte, als sei es von größter Besorgnis geplagt.

«Monsieur», sagte sie, «ich habe gehört, dass Sie jetzt Urlaub nehmen. Daher wird es Ihnen freistehen, einen privaten Fall zu übernehmen. Sie verstehen, ich möchte die Polizei nicht hinzuziehen.»

Ich schüttelte den Kopf. «Ich fürchte, mein Fräulein, Sie

sible, mademoiselle. Even though on vacation, I am still of the police."

She leaned forward. "*Ecoutez, monsieur*. All that I ask of you is to investigate. The result of your investigations you are at perfect liberty to report to the police. If what I believe to be true is true, we shall need all the machinery of the law."

That placed a somewhat different complexion on the matter, and I placed myself at her service without more ado.

A slight colour rose in her cheeks. "I thank you, monsieur. It is the death of Monsieur Paul Déroulard that I ask you to investigate."

"*Comment?*" I exclaimed, surprised.

"Monsieur, I have nothing to go upon – nothing but my woman's instinct, but I am convinced – *convinced*, I tell you – that Monsieur Déroulard did not die a natural death!"

"But surely the doctors –"

"Doctors may be mistaken. He was so robust, so strong. Ah, Monsieur Poirot, I beseech of you to help me –"

The poor child was almost beside herself. She would have knelt to me. I soothed her as best I could.

"I will help you, mademoiselle. I feel almost sure that your fears are unfounded, but we will see. First, I will ask you to describe to me the inmates of the house."

"There are the domestics, of course, Jeannette, Félicie, and Denise the cook. She has been there many years; the others are simple country girls. Also there is François, but he too is an old servant. Then there is Monsieur Déroulard's mother who lived with him, and myself. My name is Virginie Mesnard. I am a poor cousin of the late Madame Déroulard, Monsieur Paul's wife,

verlangen Unmögliches von mir. Wenn ich auch im Urlaub bin, gehöre ich noch immer zur Polizei.»

Sie beugte sich vor. «*Ecoutez, Monsieur*. Ich bitte Sie lediglich, Ermittlungen anzustellen. Es steht Ihnen völlig frei, das Ergebnis Ihrer Ermittlungen der Polizei zu berichten. Wenn das, was ich für die Wahrheit halte, tatsächlich zutrifft, werden wir den gesamten Gesetzesapparat benötigen.»

Das ließ die Sache in einem etwas anderen Licht erscheinen, und ich stellte mich ohne weiteres Sträuben in ihren Dienst.

Eine leichte Röte legte sich auf ihre Wangen. «Ich danke Ihnen, Monsieur. Ich bitte Sie, den Tod von Monsieur Paul Déroulard zu untersuchen.»

«*Comment?*», rief ich überrascht.

«Monsieur, ich habe nichts, worauf ich mich stützen könnte – nichts als meinen weiblichen Instinkt, doch ich bin überzeugt – ich betone: *überzeugt* –, dass Monsieur Déroulard keines natürlichen Todes gestorben ist!»

«Die Ärzte haben doch sicher …»

«Ärzte können irren. Er war so kräftig, so stark. Ah, Monsieur Poirot, ich flehe Sie an, mir zu helfen.»

Die Arme war beinahe außer sich. Sie wäre vor mir auf die Knie gefallen. Ich beschwichtigte sie, so gut ich konnte.

«Ich werde Ihnen helfen, gnädiges Fräulein. Zwar bin ich mir fast sicher, dass Ihre Befürchtungen unbegründet sind, aber wir werden ja sehen. Als Erstes will ich Sie bitten, mir die Bewohner des Hauses zu beschreiben.»

«Da sind natürlich die Dienstboten, Jeannette, Félicie und Denise, die Köchin. Sie ist seit vielen Jahren im Haus; die beiden anderen sind einfache Mädchen vom Land. Dann ist da noch François, doch auch er ist ein langjähriger Bediensteter. Schließlich noch Monsieur Déroulards Mutter, die bei ihm wohnte, und ich. Ich heiße Virginie Mesnard. Ich bin eine arme Cousine der verstorbenen Madame Déroulard, der

and I have been a member of their *ménage* for over three years. I have now described to you the household. There were also two guests staying in the house."

"And they were?"

"M. de Saint Alard, a neighbour of Monsieur Déroulard's in France. Also an English friend, Mr John Wilson."

"Are they still with you?"

"Mr Wilson, yes, but Monsieur de Saint Alard departed yesterday."

"And what is your plan, Mademoiselle Mesnard?"

"If you will present yourself at the house in half an hour's time, I will have arranged some story to account for your presence. I had better represent you to be connected with journalism in some way. I shall say you have come from Paris, and that you have brought a card of introduction from Monsieur de Saint Alard. Madame Déroulard is very feeble in health, and will pay little attention to details."

On mademoiselle's ingenious pretext I was admitted to the house, and after a brief interview with the dead deputy's mother, who was a wonderfully imposing and aristocratic figure though obviously in failing health, I was made free of the premises.

I wonder, my friend (continued Poirot), whether you can possibly figure to yourself the difficulties of my task? Here was a man whose death had taken place three days previously. If there *had* been foul play, only one possibility was admittable – *poison*! And I had no chance of seeing the body, and there was no possibility of examining, or analysing, any medium in which the poison could have been administered. There were no clues, false or otherwise, to consider. Had the man been poisoned? Had he

Frau von Monsieur Paul, und ich bin seit über drei Jahren bei ihnen. Jetzt habe ich Ihnen den Haushalt geschildert. Im Haus hielten sich auch zwei Gäste auf.»

«Und das waren?»

«Monsieur de Saint Alard, ein Nachbar von Monsieur Déroulard in Frankreich. Und ein englischer Freund, Mr John Wilson.»

«Sind sie noch bei Ihnen?»

«Mr Wilson ja, doch Monsieur de Saint Alard reiste gestern ab.»

«Und was haben Sie vor, Mademoiselle Mesnard?»

«Falls Sie in einer halben Stunde im Haus erscheinen wollen, werde ich eine Geschichte zurechtgelegt haben, die Ihre Anwesenheit erklärt. Ich stelle Sie am besten als jemanden vor, der irgendwie mit Journalismus zu tun hat. Ich werde sagen, Sie kämen aus Paris und hätten eine Empfehlung von Monsieur de Saint Alard mitgebracht. Madame Déroulard ist bei sehr schwacher Gesundheit und wird kaum auf Einzelheiten achten.»

Unter dem einfallsreichen Vorwand von Mademoiselle erhielt ich Einlass, und nach kurzer Unterhaltung mit der Mutter des verstorbenen Abgeordneten, einer wunderbar eindrucksvollen aristokratischen Gestalt, wenngleich offensichtlich von sehr schwacher Gesundheit, konnte ich mich im Haus frei bewegen.

Ich frage mich, mein Freund (fuhr Poirot fort), ob Sie sich auch nur annähernd vorstellen können, wie schwierig meine Aufgabe war? Hier war ein Mann, dessen Tod sich drei Tage zuvor ereignet hatte. Wäre da ein Verbrechen im Spiel gewesen, käme nur eine Möglichkeit infrage – *Gift!* Und ich hatte keine Gelegenheit, den Leichnam zu sehen, keine Möglichkeit, zu untersuchen oder zu analysieren, auf welche Weise das Gift verabreicht worden sein konnte. Es gab keine Hinweise, weder falsche noch andere, denen ich nachgehen konnte. War der Mann vergiftet worden? War er eines natürlichen

died a natural death? I, Hercule Poirot, with nothing to help me, had to decide.

First, I interviewed the domestics, and with their aid, I recapitulated the evening. I paid especial notice to the food at dinner, and the method of serving it. The soup had been served by Monsieur Déroulard himself from a tureen. Next a dish of cutlets, then a chicken. Finally, a compote of fruits. And all placed on the table, and served by Monsieur himself. The coffee was brought in a big pot to the dinner-table. Nothing there, *mon ami* – impossible to poison one without poisoning all!

After dinner Madame Déroulard had retired to her own apartments and Mademoiselle Virginie had accompanied her. The three men had adjourned to Monsieur Déroulard's study. Here they had chatted amicably for some time, when suddenly, without any warning, the deputy had fallen heavily to the ground. Monsieur de Saint Alard had rushed out and told François to fetch the doctor immediately. He said it was without doubt an apoplexy, explained the man. But when the doctor arrived, the patient was past help.

Mr John Wilson, to whom I was presented by Mademoiselle Virginie, was what was known in those days as a regular John Bull Englishman, middle-aged and burly. His account, delivered in very British French, was substantially the same.

"Déroulard went very red in the face, and down he fell."

There was nothing further to be found out there. Next I went to the scene of the tragedy, the study, and was left alone there at my own request. So far there was nothing to support Mademoiselle Mesnard's theory. I could not but believe that it was a delusion

Todes gestorben? Ich, Hercule Poirot, musste entscheiden und hatte nichts, was mir helfen konnte.

Zuerst befragte ich die Dienstboten, und mit ihrer Hilfe machte ich mir ein Bild jenes Abends. Besonderes Augenmerk schenkte ich dem Abendessen und der Art, wie es aufgetragen wurde. Die Suppe war von Monsieur Déroulard selbst aus einer Terrine geschöpft worden. Als Nächstes folgte ein Gang mit Kotelett, dann Geflügel. Schließlich ein Obstkompott. Und alles auf den Tisch gestellt und vom Hausherrn selbst ausgeteilt. Der Kaffee war in einer großen Kanne zum Tisch gebracht worden. Keinerlei Hinweise, *mon ami* – unmöglich, einen zu vergiften, ohne alle zu vergiften!

Nach dem Abendessen hatte sich Madame Déroulard in ihre Räume zurückgezogen, und Mademoiselle Virginie hatte sie begleitet. Die drei Herren hatten sich in Monsieur Déroulards Arbeitszimmer zurückgezogen und dort eine Zeit lang freundschaftlich geplaudert, als der Abgeordnete auf einmal, ohne jegliche Warnung, zu Boden gestürzt war. Monsieur de Saint Alard war hinausgeeilt und trug François auf, sofort den Arzt zu holen. Er sagte, es sei sicher ein Schlaganfall, erklärte der Mann. Doch als der Arzt erschien, war dem Patienten nicht mehr zu helfen.

Mr John Wilson, dem ich von Mademoiselle Virginie vorgestellt wurde, war das, was man damals als richtigen John-Bull-Engländer kannte: mittleren Alters und untersetzt. Seine Schilderung, die er in einem sehr britischen Französisch abgab, entsprach dem im Wesentlichen.

«Déroulard wurde sehr rot im Gesicht und fiel zu Boden.»

Weiter war hier nichts zu erfahren. Als Nächstes begab ich mich zum Ort der Tragödie, ins Arbeitszimmer, und wurde dort auf eigene Bitte allein gelassen. So weit lag nichts vor, was Mademoiselle Mesnards Annahme zu stützen vermochte. Ich konnte daher nur annehmen, dass es sich um eine

on her part. Evidently she had entertained a romantic passion for the dead man which had not permitted her to take a normal view of the case. Nevertheless, I searched the study with meticulous care. It was just possible that a hypodermic needle might have been introduced into the dead man's chair in such a way as to allow of a fatal injection. The minute puncture it would cause was likely to remain unnoticed. But I could discover no sign to support the theory. I flung myself down in the chair with a gesture of despair.

"*Enfin*, I abandon it!" I said aloud. "There is not a clue anywhere! Everything is perfectly normal."

As I said the words, my eyes fell on a large box of chocolates standing on a table near by, and my heart gave a leap. It might not be a clue to Monsieur Déroulard's death, but here at least was something that was *not* normal. I lifted the lid. The box was full, untouched; not a chocolate was missing but that only made the peculiarity that had caught my eye more striking. For, see you, Hastings, while the box itself was pink, the lid was blue. Now, one often sees a blue ribbon on a pink box, and vice versa, but a box of one colour, and a lid of another – no, decidedly – *ça ne se voit jamais*!

I did not as yet see that this little incident was of any use to me, yet I determined to investigate it as being out of the ordinary. I rang the bell for François, and asked him if his late master had been fond of sweets. A faint melancholy smile came to his lips.

"Passionately fond of them, monsieur. He would always have a box of chocolates in the house. He did not drink wine of any kind, you see."

"Yet this box has not been touched?" I lifted the lid to show him.

Einbildung ihrerseits handelte. Offenbar war sie dem Toten in einer Leidenschaft zugetan, die ihr nicht erlaubt hatte, den Fall unvoreingenommen zu betrachten. Dennoch suchte ich das Arbeitszimmer mit größter Sorgfalt ab. Es war durchaus möglich, eine Injektionsnadel so im Sessel des Toten zu platzieren, dass es zu einer tödlichen Injektion kommen konnte. Der dabei verursachte winzige Stich würde vermutlich unbemerkt bleiben. Aber ich konnte kein Anzeichen entdecken, das diese Annahme stützte. Mit einer Geste der Verzweiflung ließ ich mich in den Sessel fallen.

«*Enfin*, ich gebe auf!», sagte ich laut. «Es gibt nirgendwo einen Hinweis! Alles ist völlig normal.»

Noch während ich dies sagte, fiel mein Blick auf eine große Pralinenschachtel auf einem Tisch in der Nähe, und mein Herz machte einen Satz. Sie mochte vielleicht kein Hinweis auf Monsieur Déroulards Tod sein, doch hier war wenigstens etwas, was *nicht* normal war. Ich nahm den Deckel ab. Die Schachtel war voll, unberührt; keine Praline fehlte – doch das machte die Besonderheit, die ich entdeckte, noch augenfälliger. Denn, schauen Sie, Hastings, während die Schachtel selbst rosa war, war der Deckel *blau*. Nun sieht man ja oft eine blaue Schleife auf einer rosa Schachtel und umgekehrt, doch eine Schachtel von der einen Farbe und ein Deckel von einer anderen – nein, ganz entschieden – *ça ne se voit jamais!*

Ich konnte zwar nicht erkennen, wie mir diese Sache nützen könnte, doch beschloss ich, ihr nachzugehen, da sie mir ungewöhnlich vorkam. Ich klingelte nach François und fragte ihn, ob sein verstorbener Herr gern Süßigkeiten gegessen habe. Auf seinen Lippen erschien ein leicht wehmütiges Lächeln.

«Leidenschaftlich gern, Monsieur. Er hatte immer eine Schachtel Pralinen im Zimmer. Wissen Sie, er trank keinen Wein oder Derartiges.»

«Doch diese Schachtel ist nicht angerührt worden?» Ich hob den Deckel an, um es ihm zu zeigen.

"Pardon, monsieur, but that was a new box purchased on the day of his death, the other being nearly finished."

"Then the other box was finished on the day of his death," I said slowly.

"Yes, monsieur, I found it empty in the morning and threw it away."

"Did Monsieur Déroulard eat sweets at all hours of the day?"

"Usually after dinner, monsieur."

I began to see light.

"François," I said, "you can be discreet?"

"If there is need, monsieur."

"*Bon*! Know, then, that I am of the police. Can you find me that other box?"

"Without doubt, monsieur. It will be in the dustbin."

He departed, and returned in a few minutes with a dust-covered object. It was the duplicate of the box I held, save for the fact that this time the box was *blue* and the lid was *pink*. I thanked François, recommended him once more to be discreet, and left the house in the Avenue Louise without more ado.

Next I called upon the doctor who had attended Monsieur Déroulard. With him I had a difficult task. He entrenched himself prettily behind a wall of learned phraseology, but I fancied that he was not quite as sure about the case as he would like to be.

"There have been many curious occurrences of the kind," he observed, when I had managed to disarm him somewhat. "A sudden fit of anger, a violent emotion – after a heavy dinner, *c'est entendu* – then, with an access of rage, the blood flies to the head, and *pst*! – there you are!"

«Pardon, Monsieur, das war eine neue Schachtel, die am Tag seines Todes gekauft wurde, da die andere fast leer war.»

«Dann wurde die andere Schachtel an seinem Todestag geleert», sagte ich langsam.

«Ja, Monsieur, ich fand sie am Morgen leer und warf sie weg.»

«Aß Monsieur Déroulard zu jeder Tageszeit Süßigkeiten?»

«Gewöhnlich nach dem Abendessen, Monsieur.»

Mir ging allmählich ein Licht auf.

«François», sagte ich, «können Sie schweigen?»

«Wenn es nötig ist, Monsieur.»

«*Bon!* Dann sollen Sie wissen, dass ich von der Polizei bin. Können Sie die andere Schachtel auftreiben?»

«Sicher, Monsieur. Die wird in der Mülltonne sein.»

Er ging hinaus und kam nach ein paar Minuten mit einem staubbedeckten Gegenstand zurück. Es war genau so eine Schachtel, wie ich sie hatte, bis auf die Tatsache, dass sie *blau* und der Deckel *rosa* war. Ich dankte François, forderte ihn noch einmal zu Diskretion auf und verließ das Haus in der Avenue Louise ohne weitere Umstände.

Als Nächstes suchte ich den Arzt auf, der Monsieur Déroulard betreut hatte. Mit ihm hatte ich kein leichtes Spiel. Er verschanzte sich gehörig hinter einer Mauer von gelehrtem Wortschwall, doch ich hatte den Eindruck, er sei sich über den Fall nicht ganz so sicher, wie er es gern wäre.

«Es hat viele merkwürdige Ereignisse dieser Art gegeben», bemerkte er, als es mir gelungen war, ihn ein wenig aus seiner Verschanzung hervorzulocken. «Ein plötzlicher Ausbruch von Zorn, eine heftige Erregung – nach einem üppigen Abendessen, *c'est entendu* –, dann steigt bei einem Wutanfall das Blut in den Kopf, und pst! – schon ist es passiert!»

"But Monsieur Déroulard had had no violent emotion."

"No? I made sure that he had been having a stormy altercation with Monsieur de Saint Alard."

"Why should he?"

"*C'est evident!*" The doctor shrugged his shoulders. "Was not Monsieur de Saint Alard a Catholic of the most fanatical? Their friendship was being ruined by this question of church and state. Not a day passed without discussions. To Monsieur de Saint Alard, Déroulard appeared almost as Antichrist."

This was unexpected, and gave me food for thought.

"One more question, Doctor: would it be possible to introduce a fatal dose of poison into a chocolate?"

"It would be possible, I suppose," said the doctor slowly. "Pure prussic acid would meet the case if there were no chance of evaporation, and a tiny globule of anything might be swallowed unnoticed – but it does not seem a very likely supposition. A chocolate full of morphine or strychnine –" He made a wry face. "You comprehend, Monsieur Poirot – one bite would be enough! The unwary one would not stand upon ceremony."

"Thank you, Monsieur le Docteur."

I withdrew. Next I made inquiries of the chemists, especially those in the neighbourhood of the Avenue Louise. It is good to be of the police. I got the information I wanted without any trouble. Only in one case could I hear of any poison having been supplied to the house in question. This was some eye drops of atropine sulphate for Madame Déroulard. Atropine is a potent poison, and for the moment I was elated,

«Doch Monsieur Déroulard hatte sich nicht heftig erregt.»

«Nein? Ich weiß mit Sicherheit, dass er eine stürmische Auseinandersetzung mit Monsieur de Saint Alard gehabt hatte.»

«Warum sollte er?»

«*C'est évident!*» Der Arzt zuckte die Schultern. «Monsieur de Saint Alard war schließlich ein überaus fanatischer Katholik. Ihre Freundschaft war über dieser Frage von Kirche und Staat zerbrochen. Kein Tag verging ohne Diskussionen. Für Monsieur de Saint Alard war Déroulard beinahe der Antichrist.»

Dies kam unerwartet und lieferte mir Stoff zum Nachdenken.

«Noch eine Frage, Herr Doktor: Wäre es möglich, eine tödliche Dosis Gift in einer Praline unterzubringen?»

«Das wäre vermutlich möglich», sagte der Arzt langsam. «Reine Blausäure wäre dafür geeignet, sofern sie nicht verdunsten kann. Ein winziges Kügelchen jeglichen Gifts könnte unbemerkt geschluckt werden – aber sehr naheliegend ist diese Hypothese nicht. Eine Praline voller Morphium oder Strychnin ...» Er verzog das Gesicht. «Sie verstehen doch, Monsieur Poirot – ein Bissen würde genügen! Der Ahnungslose würde dann kaum noch Wert auf Etikette legen.»

«Ich danke Ihnen, Monsieur le Docteur.»

Ich ging zurück. Als Nächstes holte ich Erkundigungen bei den Apothekern ein, besonders jenen in der Nachbarschaft der Avenue Louise. Es zahlt sich aus, wenn man zur Polizei gehört. Ich erhielt die gewünschte Auskunft mühelos. Nur einer konnte mir berichten, das betreffende Haus mit einer giftigen Substanz versorgt zu haben. Es handelte sich um Augentropfen mit Atropinsulfat für Madame Déroulard. Atropin ist ein hochwirksames Gift, und für einen Augenblick war ich in ge-

but the symptoms of atropine poisoning are closely allied to those of ptomaine, and bear no resemblance to those I was studying. Besides, the prescription was an old one. Madame Déroulard had suffered from cataract in both eyes for many years.

I was turning away discouraged when the chemist's voice called me back.

"*Un moment, Monsieur Poirot.* I remember, the girl who brought that prescription, she said something about having to go on to the *English* chemist. You might try there."

I did. Once more enforcing my official status, I got the information I wanted. On the day before Monsieur Déroulard's death they had made up a prescription for Mr John Wilson. Not that there was any making up about it. They were simply little tablets of trinitrine. I asked if I might see some. He showed me them, and my heart beat faster – for the tiny tablets were of *chocolate*.

"Is it a poison?" I asked.

"No, monsieur."

"Can you describe to me its effect?"

"It lowers the blood-pressure. It is given for some forms of heart trouble – angina pectoris for instance. It relieves the arterial tension. In arteriosclerosis –"

I interrupted him. "*Ma foi!* This rigmarole says nothing to me. Does it cause the face to flush?"

"Certainly it does."

"And supposing I ate ten – twenty of your little tablets, what then?"

"I should not advise you to attempt it," he replied drily.

"And yet you say it is not poison?"

hobener Stimmung, doch die Anzeichen einer Atropinvergiftung sind jenen einer Fleischvergiftung eng verwandt und haben keine Ähnlichkeit mit denen, die ich gerade untersuchte. Außerdem war das Rezept schon alt. Madame Déroulard hatte jahrelang auf beiden Augen am grauen Star gelitten.

Ich wandte mich gerade entmutigt ab, als der Apotheker mich zurückrief.

«*Un moment, Monsieur Poirot,* mir fällt ein, dass das Mädchen, das jenes Rezept brachte, erwähnte, sie müsse zum *englischen* Apotheker gehen. Versuchen Sie es dort.»

Das tat ich. Wieder berief ich mich auf meinen amtlichen Status und erhielt die gewünschte Auskunft. Am Tag vor Monsieur Déroulards Tod hatte man eine Verschreibung für Mr John Wilson zusammengestellt. Nichts daran war auffällig. Es waren einfache kleine Trinitrintabletten. Ich fragte, ob ich ein paar sehen könnte. Er zeigte sie mir, und mein Herz schlug schneller – denn die kleinen Tabletten waren aus *Schokolade*.

«Ist das ein Gift?», fragte ich.

«Nein, Monsieur.»

«Können Sie mir die Wirkung beschreiben?»

«Es senkt den Blutdruck und wird bei bestimmten Formen von Herzbeschwerden verordnet – zum Beispiel bei Angina Pectoris. Es mindert den arteriellen Druck. Bei Arteriosklerose …»

Ich unterbrach ihn. «*Ma foi!* Diese Salbaderei sagt mir nichts. Bekommt man in der Folge ein rotes Gesicht?»

«Gewiss.»

«Und angenommen, ich nähme so zehn, zwanzig Ihrer kleinen Tabletten ein, was dann?»

«Ich würde Ihnen nicht raten, das zu versuchen», erwiderte er trocken.

«Und doch sagen Sie, es sei kein Gift.»

"There are many things not called poison which can kill a man," he replied as before.

I left the shop elated. At last, things had begun to march!

I now knew that John Wilson had the means for the crime – but what about the motive? He had come to Belgium on business, and had asked Monsieur Déroulard, whom he knew slightly, to put him up. There was apparently no way in which Déroulard's death could benefit him. Moreover, I discovered by inquiries in England that he had suffered for some years from that painful form of heart disease known as angina. Therefore he had a genuine right to have those tablets in his possession. Nevertheless, I was convinced that someone had gone to the chocolate box, opening the full one first by mistake, and had abstracted the contents of the last chocolate, cramming in instead as many little trinitrine tablets as it would hold. The chocolates were large ones. Between twenty or thirty tablets, I felt sure, could have been inserted. But who had done this?

There were two guests in the house. John Wilson had the means. Saint Alard had the motive. Remember, he was a fanatic, and there is no fanatic like a religious fanatic. Could he, by any means, have got hold of John Wilson's trinitrine?

Another little idea came to me. Ah, you smile at my little ideas! Why had Wilson run out of trinitrine? Surely he would bring an adequate supply from England. I called once more at the house in the Avenue Louise. Wilson was out, but I saw the girl who did his room, Félicie. I demanded of her immediately whether it was not true that Monsieur Wilson had lost a bottle from his washstand some

«Es gibt vieles, was nicht als Gift bezeichnet wird und einen Menschen töten kann», erwiderte er wie zuvor.

Ich verließ den Laden in gehobener Stimmung. Endlich war Bewegung in die Sache gekommen.

Jetzt wusste ich, dass John Wilson das Mittel besessen hatte, um dieses Verbrechen zu begehen – aber wie stand es mit dem Motiv? Er war geschäftehalber nach Belgien gekommen und hatte Monsieur Déroulard, den er flüchtig kannte, gebeten, ihn zu beherbergen. Es war nicht zu erkennen, wie Déroulards Tod für ihn von Nutzen sein konnte. Außerdem fand ich durch Nachforschungen in England heraus, dass er einige Jahre lang an jener schmerzhaften Form von Krankheit gelitten hatte, die als Angina bekannt ist. Deshalb hatte er wirklich allen Grund, jene Tabletten zu besitzen. Dennoch war ich überzeugt, dass jemand an die Pralinenschachtel gegangen war, wobei er versehentlich zuerst die volle geöffnet hatte, und die Füllung der letzten Praline entfernt und so viele Trinitrintablettchen wie möglich hineingestopft hatte. Es waren große Pralinen. Zwischen zwanzig oder dreißig Tabletten konnten da untergebracht werden, dessen war ich mir sicher. Doch wer hatte das getan?

Im Haus hielten sich zwei Gäste auf. John Wilson besaß das Mittel, Saint Alard das Motiv. Denken Sie daran – er war ein Fanatiker, und nichts ist schlimmer als ein religiöser Fanatiker. Konnte er irgendwie an John Wilsons Trinitrin gelangt sein?

Noch ein kleiner Einfall kam mir. Ah, Sie lächeln über meine kleinen Einfälle! Warum war Wilson das Trinitrin ausgegangen? Sicherlich hatte er einen hinreichend großen Vorrat aus England mitgebracht. Ich suchte erneut das Haus in der Avenue Louise auf. Wilson war ausgegangen, doch ich traf Félicie, das Mädchen, das sein Zimmer aufräumte. Ich fragte sie sogleich, ob es zutreffe, dass Monsieur Wilson kürzlich ein Fläschchen von seinem Waschtisch abhanden

little time ago. The girl responded eagerly. It was quite true. She, Félicie, had been blamed for it. The English gentleman had evidently thought that she had broken it, and did not like to say so. Whereas she had never even touched it. Without doubt it was Jeannette – always nosing round where she had no business to be –

I calmed the flow of words, and took my leave. I knew now all that I wanted to know. It remained for me to prove my case. That, I felt, would not be easy. *I* might be sure that Saint Alard had removed the bottle of trinitrine from John Wilson's washstand, but to convince others, I would have to produce evidence. And I had none to produce!

Never mind. I *knew* – that was the great thing. You remember our difficulty in the Styles case, Hastings? There again, I *knew* – but it took me a long time to find the last link which made my chain of evidence against the murderer complete.

I asked for an interview with Mademoiselle Mesnard. She came at once. I demanded of her the address of Monsieur de Saint Alard. A look of trouble came over her face.

"Why do you want it, monsieur?"

"Mademoiselle, it is necessary."

She seemed doubtful – troubled.

"He can tell you nothing. He is a man whose thoughts are not in this world. He hardly notices what goes on around him."

"Possibly, mademoiselle. Nevertheless, he was an old friend of Monsieur Déroulard's. There may be things he can tell me – things of the past – old grudges – old love-affairs."

The girl flushed and bit her lip. "As you please –

gekommen sei. Das Mädchen antwortete bereitwillig. Das sei durchaus richtig. Ihr, Félicie, habe man die Schuld zugeschoben. Der englische Monsieur habe offensichtlich geglaubt, sie habe das Fläschchen zerbrochen und wolle es nicht zugeben. Während sie es nicht einmal angerührt hatte! Zweifellos war es Jeannette – die steckt ja überall ihre Nase hinein, wo sie nichts zu suchen hat …

Ich dämpfte den Wortschwall und verabschiedete mich. Jetzt wusste ich alles, was ich wissen wollte. Es war nun an mir, die Sache zu beweisen. Das, hatte ich das Gefühl, würde nicht leicht sein. *Ich* mochte mir vielleicht sicher sein, dass Saint Alard das Fläschchen Trinitrin von John Wilsons Waschtisch genommen hatte, doch um andere davon zu überzeugen, musste ich Beweise vorlegen. Und das konnte ich nicht.

Macht nichts. Ich *wusste Bescheid* – das war die Hauptsache. Erinnern Sie sich an die Schwierigkeit im Fall Styles, Hastings? Auch da *wusste ich Bescheid* – doch ich brauchte lange, um das letzte Bindeglied zu finden, das meine Beweiskette gegen den Mörder vervollständigte.

Ich bat um ein Gespräch mit Mademoiselle Mesnard. Die Dame kam sofort. Ich frage sie nach der Anschrift von Monsieur de Saint Alard. Sie machte ein besorgtes Gesicht.

«Wozu benötigen Sie diese, Monsieur?»

«Mademoiselle, es ist notwendig.»

Sie schien im Zweifel – war aufgeregt.

«Er kann Ihnen nichts sagen. Er ist ein Mann, dessen Gedanken sich nicht mit dieser Welt befassen. Er bemerkt kaum, was um ihn vorgeht.»

«Kann sein, Mademoiselle. Dennoch war er ein alter Freund von Monsieur Déroulard. Es gibt vielleicht Dinge, die er mir erzählen kann – Dinge aus der Vergangenheit – alter Groll – alte Liebesgeschichten.»

Das junge Mädchen errötete und biss sich auf die Lippe. «Wie

but – but I feel sure now that I have been mistaken. It was good of you to accede to my demand, but I was upset – almost distraught at the time. I see now that there is no mystery to solve. Leave it, I beg of you, monsieur."

I eyed her closely.

"Mademoiselle," I said, "it is sometimes difficult for a dog to find a scent, but once he *has* found it, nothing on earth will make him leave it! That is if he is a good dog! And I, mademoiselle, I, Hercule Poirot, am a very good dog."

Without a word she turned away. A few minutes later she returned with the address written on a sheet of paper. I left the house. François was waiting for me outside. He looked at me anxiously.

"There is no news, monsieur?"

"None as yet, my friend."

"Ah! *Pauvre* Monsieur Déroulard!" he sighed. "I too was of his way of thinking. I do not care for priests. Not that I would say so in the house. The women are all devout – a good thing perhaps. *Madame est très pieuse – et Mademoiselle Virginie aussi.*"

Mademoiselle Virginie? Was she *très pieuse*? Thinking of the tearstained passionate face I had seen that first day, I wondered.

Having obtained the address of Monsieur de Saint Alard, I wasted no time. I arrived in the neighbourhood of his *château* in the Ardennes but it was some days before I could find a pretext for gaining admission to the house. In the end I did – how do you think – as a plumber, *mon ami*! It was the affair of a moment to arrange a neat little gas leak in his bedroom. I departed for my tools, and took care to return with them at an hour when I

Sie wünschen, aber – aber ich bin mir jetzt sicher, dass ich mich geirrt habe. Es war nett von Ihnen, dass Sie auf meine Bitte eingegangen sind, doch ich war damals aufgebracht – völlig durcheinander. Ich erkenne jetzt, dass es kein Rätsel gibt, das es zu lösen gilt. Lassen Sie es bitte auf sich beruhen, Monsieur.»

Ich betrachtete sie scharf.

«Mademoiselle», sagte ich, «mitunter ist es für einen Hund schwierig, eine Spur aufzunehmen. Doch hat er sie einmal gefunden, wird ihn nichts auf der Welt davon abbringen! Das heißt, wenn er ein guter Hund ist! Und ich, Mademoiselle, ich, Hercule Poirot, bin ein sehr guter Hund.»

Wortlos wandte sie sich ab. Ein paar Minuten später kam sie mit der Adresse auf einem Blatt Papier zurück. Ich verließ das Haus. Draußen wartete François auf mich. Er sah mich besorgt an.

«Gibt es nichts Neues, Monsieur?»

«Bis jetzt nicht, mein Freund.»

«Ah! *Pauvre* Monsieur Déroulard!», seufzte er. «Ich habe seine Anschauung geteilt. Ich mache mir nichts aus Priestern. Nicht, dass ich das im Haus sagen würde. Die Frauen sind alle fromm – was vielleicht gut ist. *Madame est très pieuse – et Mademoiselle Virginie aussi.*»

Mademoiselle Virginie? War sie *très pieuse*? Wenn ich an das verweinte, leidenschaftliche Gesicht dachte, das ich am ersten Tag gesehen hatte, war ich mir da nicht so sicher.

Nachdem ich Monsieur de Saint Alards Anschrift erhalten hatte, vergeudete ich keine Zeit. Ich traf in der Nachbarschaft seines Schlosses in den Ardennen ein und verbrachte dort ein paar Tage, bis ich einen Vorwand finden konnte, um ins Haus eingelassen zu werden. Dies gelang mir – stellen Sie sich vor – als Klempner, *mon ami!* Es dauerte nur einen Augenblick, um eine hübsche kleine undichte Stelle in der Gasleitung in seinem Schlafzimmer zu schaffen. Ich verschwand, um mein Werkzeug zu holen, und achtete darauf, zu einer Zeit zurück-

knew I should have the field pretty well to myself. What I was searching for, I hardly knew. The one thing needful, I could not believe there was any chance of finding. He would never have run the risk of keeping it.

Still when I found the little cupboard above the washstand locked, I could not resist the temptation of seeing what was inside it. The lock was quite a simple one to pick. The door swung open. It was full of old bottles. I took them up one by one with a trembling hand. Suddenly, I uttered a cry. Figure to yourself, my friend, I held in my hand a little phial with an English chemist's label. On it were the words: "*Trinitrine Tablets. One to be taken when required. Mr John Wilson.*"

I controlled my emotion, closed the cupboard, slipped the bottle into my pocket, and continued to repair the gas leak! One must be methodical. Then I left the *château*, and took train for my own country as soon as possible. I arrived in Brussels late that night. I was writing out a report for the *préfet* in the morning, when a note was brought to me. It was from old Madame Déroulard, and it summoned me to the house in the Avenue Louise without delay.

François opened the door to me.

"Madame la Baronne is awaiting you."

He conducted me to her apartments. She sat in state in a large armchair. There was no sign of Mademoiselle Virginie.

"M. Poirot," said the old lady, "I have just learned that you are not what you pretend to be. You are a police officer."

"That is so, madame."

"You came here to inquire into the circumstances of my son's death?"

zukommen, von der ich wusste, dass ich das Feld ziemlich für mich allein haben würde. Wonach ich suchte, war mir nicht ganz klar. Ich konnte nicht glauben, dass Aussicht bestand, das Einzige zu finden, was ich brauchte. Er würde keinesfalls das Risiko eingegangen sein, es zu behalten.

Aber als ich das Wandschränkchen über dem Waschbecken verschlossen fand, konnte ich doch nicht der Versuchung widerstehen, nachzusehen, was es enthielt. Das Schloss war leicht zu knacken. Die Tür ging auf. Lauter alte Fläschchen. Mit zitternder Hand nahm ich eins nach dem andern. Auf einmal stieß ich einen Schrei aus. Stellen Sie sich vor, mein Freund, ich hielt ein Fläschchen in der Hand mit dem Etikett eines englischen Apothekers. Darauf stand: «*Trinitrintabletten. Bei Bedarf eine Tablette. Mr John Wilson.*»

Ich zügelte meine Erregung, schloss den Schrank, steckte das Fläschchen in die Tasche und fuhr fort, die undichte Stelle an der Gasleitung zu beheben. Man muss methodisch vorgehen. Dann verließ ich das Schloss und nahm den nächsten Zug in meine Heimat. Spät in der Nacht traf ich in Brüssel ein. Am Morgen schrieb ich gerade einen Bericht für den Polizeipräsidenten, als mir eine Nachricht gebracht wurde. Sie war von der alten Madame Déroulard und forderte mich auf, unverzüglich ins Haus an der Avenue Louise zu kommen.

François öffnete mir die Tür.

«Die Frau Baronin erwartet Sie schon.»

Er führte mich in ihre Räume. Sie saß würdevoll in einem mächtigen Sessel. Von Mademoiselle Virginie war weit und breit nichts zu sehen.

«M. Poirot», sagte die alte Dame, «ich habe soeben erfahren, dass Sie nicht sind, wofür Sie sich ausgeben. Sie sind Polizeibeamter.»

«Das stimmt, Madame.»

«Sie kamen hierher, um zu untersuchen, wie mein Sohn zu Tode kam.»

Again I replied: "That is so, madame."

"I should be glad if you would tell me what progress you have made."

I hesitated.

"First I would like to know how you have learned all this, madame."

"From one who is no longer of this world."

Her words, and the brooding way she uttered them, sent a chill to my heart. I was incapable of speech.

"Therefore, monsieur, I would beg of you most urgently to tell me exactly what progress you have made in your investigation."

"Madame, my investigation is finished."

"My son?"

"Was killed deliberately."

"You know by whom?"

"Yes, madame."

"Who, then?"

"M. de Saint Alard."

"You are wrong. Monsieur de Saint Alard is incapable of such a crime."

"The proofs are in my hands."

"I beg of you once more to tell me all."

This time I obeyed, going over each step that had led me to the discovery of the truth. She listened attentively. At the end she nodded her head.

"Yes, yes, it is all as you say, all but one thing. It was not Monsieur de Saint Alard who killed my son. It was I, his mother."

I stared at her. She continued to nod her head gently.

"It is well that I sent for you. It is the providence of the good God that Virginie told me before she departed for the convent, what she had done. Listen,

Wiederum antwortete ich: «Das stimmt, Madame.»
«Ich würde mich freuen, wenn Sie mir erzählten, was für Fortschritte Sie gemacht haben.»
Ich zögerte.
«Zuerst wüsste ich gern, wie Sie all das erfahren haben, Madame.»
«Von jemandem, der nicht mehr von dieser Welt ist.»
Ihre Worte und die düstere Art, wie sie diese vorbrachte, drangen mir wie ein kalter Schauer ins Herz. Mir verschlug es die Sprache.
«Daher, Monsieur, möchte ich Sie eindringlich bitten, mir genau zu sagen, welche Fortschritte Sie bei Ihrer Nachforschung gemacht haben.»
«Madame, meine Untersuchung ist abgeschlossen.»
«Mein Sohn?»
«Wurde vorsätzlich getötet.»
«Sie wissen, von wem?»
«Ja, Madame.»
«Von wem denn?»
«Von Monsieur de Saint Alard.»
«Sie irren. Monsieur de Saint Alard ist eines solchen Verbrechens nicht fähig.»
«Ich habe die Beweise dafür in der Hand.»
«Ich bitte Sie noch einmal, mir alles zu erzählen.»
Diesmal folgte ich ihrer Aufforderung und berichtete über jeden Schritt, der mich zur Entdeckung der Wahrheit geführt hatte. Sie lauschte aufmerksam. Am Ende nickte sie.
«Ja, ja, es ist alles, wie Sie sagen, bis auf eines. Nicht Monsieur de Saint Alard tötete meinen Sohn, sondern ich, seine Mutter.»
Ich starrte sie an. Sie fuhr fort, leicht zu nicken.
«Es ist gut, dass ich Sie kommen ließ. Dank der Vorsehung des gütigen Gottes erzählte mir Virginie, ehe sie ins Kloster ging, was sie getan hatte. Hören Sie zu, Monsieur

Monsieur Poirot! My son was an evil man. He persecuted the church. He led a life of mortal sin. He dragged down the other souls beside his own. But there was worse than that. As I came out of my room in this house one morning, I saw my daughter-in-law standing at the head of the stairs. She was reading a letter. I saw my son steal up behind her. One swift push, and she fell, striking her head on the marble steps. When they picked her up she was dead. My son was a murderer, and only I, his mother, knew it."

She closed her eyes for a moment. "You cannot conceive, monsieur, of my agony, my despair. What was I to do? Denounce him to the police? I could not bring myself to do it. It was my duty, but my flesh was weak. Besides, would they believe me? My eyesight had been failing for some time – they would say I was mistaken. I kept silence. But my conscience gave me no peace. By keeping silence I too was a murderer. My son inherited his wife's money. He flourished as the green bay tree. And now he was to have a Minister's portfolio. His persecution of the church would be redoubled. And there was Virginie. She, poor child, beautiful, naturally pious, was fascinated by him. He had a strange and terrible power over women. I saw it coming. I was powerless to prevent it. He had no intention of marrying her. The time came when she was ready to yield everything to him.

"Then I saw my path clear. He was my son. I had given him life. I was responsible for him. He had killed one woman's body, now he would kill another's soul! I went to Mr Wilson's room, and took the bottle of tablets. He had once said laughingly that

Poirot! Mein Sohn war ein böser Mensch. Er verfolgte die Kirche. Er lebte in Todsünde. Er zog die anderen Seelen mit sich hinab. Aber es gab noch Schrecklicheres. Als ich eines Morgens hier aus meinem Zimmer kam, sah ich, wie meine Schwiegertochter oben auf der Treppe stand. Sie las gerade einen Brief. Ich beobachtete, wie mein Sohn sich von hinten anschlich. Ein rascher Stoß, und sie kam zu Fall und schlug mit dem Kopf auf die Marmorstufen. Als man sie aufhob, war sie tot. Mein Sohn war ein Mörder, und nur ich, seine Mutter, wusste es.»

Einen Augenblick lang schloss sie die Augen. «Sie können sich meine Qualen, meine Verzweiflung nicht vorstellen, Monsieur. Was sollte ich tun? Ihn bei der Polizei anzeigen? Das brachte ich nicht über mich. Es war meine Pflicht, aber das Fleisch war schwach. Außerdem, wer würde mir Glauben schenken? Schon seit einiger Zeit hatte meine Sehkraft nachgelassen – man würde sagen, ich hätte mich geirrt. Ich schwieg. Doch mein Gewissen ließ mir keine Ruhe. Durch mein Schweigen wurde auch ich zur Mörderin. Mein Sohn erbte das Vermögen seiner Frau. Er gedieh wie der grüne Lorbeer. Und jetzt sollte er einen Ministerposten einnehmen. Er würde die Verfolgung der Kirche verstärkt fortsetzen. Und dann noch Virginie. Sie, ein armes Kind, schön, von Natur aus fromm, war von ihm bezaubert. Auf Frauen übte er eine merkwürdige und schreckliche Macht aus. Ich sah es kommen und konnte es nicht verhindern. Er hatte nicht vor, sie zu heiraten. Und dann kam der Zeitpunkt, da sie bereit war, ihm alles zu geben.

Da sah ich meinen Weg klar vor mir. Er war mein Sohn. Ich hatte ihm das Leben geschenkt. Ich war für ihn verantwortlich. Er hatte eine Frau leibhaftig getötet, nun würde er die Seele einer anderen töten! Ich ging in Mr Wilsons Zimmer und nahm das Fläschchen mit den Tabletten. Er hatte einmal

there were enough in it to kill a man! I went into the study and opened the big box of chocolates that always stood on the table. I opened a new box by mistake. The other was on the table also. There was just one chocolate left in it. That simplified things. No one ate chocolates except my son and Virginie. I would keep her with me that night. All went as I had planned –"

She paused, closing her eyes a minute then opened them again.

"M. Poirot, I am in your hands. They tell me I have not many days to live. I am willing to answer for my action before the good God. Must I answer for it on earth also?"

I hesitated. "But the empty bottle, madame," I said to gain time. "How came that into Monsieur de Saint Alard's possession?"

"When he came to say goodbye to me, monsieur, I slipped it into his pocket. I did not know how to get rid of it. I am so infirm that I cannot move about much without help, and finding it empty in my rooms might have caused suspicion. You understand, monsieur –" she drew herself up to her full height – "it was with no idea of casting suspicion on Monsieur de Saint Alard! I never dreamed of such a thing. I thought his valet would find an empty bottle and throw it away without question."

I bowed my head. "I comprehend, madame," I said.

"And your decision, monsieur?"

Her voice was firm and unfaltering, her head held as high as ever.

I rose to my feet.

"Madame," I said, "I have the honour to wish

lachend gesagt, es wären genügend darin, um einen Menschen umzubringen! Ich ging ins Arbeitszimmer und öffnete die große Pralinenschachtel, die immer auf dem Tisch stand. Versehentlich machte ich eine neue Schachtel auf. Die alte stand auch auf dem Tisch, mit nur noch einer Praline darin. Das vereinfachte die Dinge. Außer meinem Sohn und Virginie aß niemand Pralinen. Virginie würde ich an diesem Abend bei mir behalten. Alles verlief, wie ich es geplant hatte ...»

Sie machte eine Pause, schloss für eine Minute die Augen und öffnete sie dann wieder.

«M. Poirot, Sie haben mich in der Hand. Man sagt mir, ich hätte nicht mehr lange zu leben. Ich bin bereit, meine Tat vor dem gütigen Gott zu verantworten. Muss ich auch auf Erden dafür einstehen?»

Ich zögerte. «Aber das leere Fläschchen, Madame», sagte ich, um Zeit zu gewinnen. «Wie geriet das in den Besitz von Monsieur de Saint Alard?»

«Als er kam, um sich von mir zu verabschieden, Monsieur, schob ich es ihm in die Tasche. Ich wusste nicht, wie ich es loswerden sollte. Ich bin so gebrechlich, dass ich mich nicht ohne Hilfe bewegen kann. Wäre es leer in meinen Räumen gefunden worden, hätte das vielleicht Argwohn erregt. Sie werden verstehen, Monsieur –», sie richtete sich zu voller Größe auf –, «es geschah ohne jeden Gedanken daran, Monsieur de Saint Alard in Verdacht zu bringen. So etwas wäre mir nicht im Traum eingefallen. Ich dachte mir, sein Diener würde eben ein leeres Fläschchen finden und es ohne eine weitere Frage wegwerfen.»

Ich senkte den Kopf. «Ich verstehe, gnädige Frau.»

«Und Ihre Entscheidung, Monsieur?»

Ihre Stimme war fest und entschlossen, den Kopf trug sie hoch, wie immer.

Ich erhob mich.

«Madame», sagte ich, «ich beehre mich, Ihnen einen guten

you good day. I have made my investigations – and failed! The matter is closed."

He was silent for a moment, then said quietly: "She died just a week later. Mademoiselle Virginie passed through her novitiate, and duly took the veil. That, my friend, is the story. I must admit that I do not make a fine figure in it."

"But that was hardly a failure," I expostulated. "What else could you have thought under the circumstances?"

"*Ah, sacré, mon ami,*" cried Poirot, becoming suddenly animated. "Is it that you do not see? But I was thirty-six times an idiot! My grey cells, they functioned not at all. The whole time I had the clue in my hands."

"What clue?"

"*The chocolate box*! Do you not see? Would anyone in possession of their full eyesight make such a mistake? I knew Madame Déroulard had cataract – the atropine drops told me that. There was only one person in the household whose eyesight was such that she could not see which lid to replace. It was the chocolate box that started me on the track, and yet up to the end I failed consistently to perceive its real significance!

"Also my psychology was at fault. Had Monsieur de Saint Alard been the criminal, he would never have kept an incriminating bottle. Finding it was a proof of his innocence. I had learned already from Mademoiselle Virginie that he was absent-minded. Altogether it was a miserable affair that I have recounted to you there! Only to you have I told the story. You comprehend, I do not figure well in it! An old lady commits a crime in such a simple and clever fashion that I, Hercule Poirot, am completely

Tag zu wünschen. Ich habe meine Untersuchungen durchgeführt – ohne Erfolg. Die Sache ist abgeschlossen.»

Er schwieg einen Augenblick, dann sagte er ruhig: «Sie starb nur eine Woche später. Fräulein Virginie legte ihr Noviziat ab und nahm pflichtgemäß den Schleier. Das, mein Freund, ist die Geschichte. Ich muss zugeben, dass ich darin keine gute Figur mache.»

«Das lässt sich kaum als Versagen bezeichnen», wandte ich ein. «Was hätten Sie denn unter den Umständen sonst denken sollen?»

«*Ah, sacré, mon ami*», rief Poirot, der auf einmal lebhaft wurde. «Haben Sie denn keine Augen im Kopf? Ich war doch ein sechsunddreißigfacher Schwachkopf! Meine grauen Zellen, die haben überhaupt nicht gearbeitet! Die ganze Zeit über hatte ich den Hinweis in den Händen.»

«Was für einen Hinweis?»

«*Die Pralinenschachtel!* Begreifen Sie denn nicht? Würde jemand, der einwandfrei sieht, so einen Fehler begehen? Ich wusste, dass Madame Déroulard an grauem Star litt – das sagten mir die Atropintropfen. Es gab im Haushalt nur eine Person, die angesichts ihres Sehvermögens nicht erkennen konnte, welcher Deckel wohin gehörte. Die Pralinenschachtel führte mich auf die Spur, und dennoch erkannte ich bis zuletzt nicht ihre wirkliche Bedeutung!

Auch meine Psychologie ließ mich im Stich. Wäre Monsieur de Saint Alard der Verbrecher gewesen, hätte er nie ein Fläschchen behalten, das ihn in Verdacht brachte. Dass ich es fand, war ein Beweis seiner Unschuld. Von Mademoiselle Virginie hatte ich bereits erfahren, dass er geistesabwesend war. Insgesamt war es eine unselige Geschichte, die ich Ihnen hier berichtet habe. Nur Ihnen habe ich sie erzählt. Sie verstehen, dass ich darin nicht gut wegkomme. Eine alte Dame begeht ein Verbrechen auf eine so einfache und gerissene Art, dass ich, Hercule Poirot, komplett getäuscht werde. *Sapristi!*

deceived. *Sapristi*! It does not bear thinking of! Forget it. Or no – remember it, and if you think at any time that I am growing conceited – it is not likely, but it might arise."

I concealed a smile.

"*Eh bien*, my friend, you shall say to me, ‹Chocolate box›. Is it agreed?"

"It's a bargain!"

"After all," said Poirot reflectively, "it was an experience! I, who have undoubtedly the finest brain in Europe at present, can afford to be magnanimous!"

"Chocolate box," I murmured gently.

"*Pardon, mon ami?*"

I looked at Poirot's innocent face, as he bent forward inquiringly, and my heart smote me. I had suffered often at his hands, but I, too, though not possessing the finest brain in Europe, could afford to be magnanimous!

"Nothing," I lied, and lit another pipe, smiling to myself.

Unerträglich, daran zu denken! Vergessen Sie's! Oder nein – behalten Sie es im Gedächtnis, und wenn Sie zu irgendeiner Zeit zu der Auffassung gelangen sollten, ich würde eingebildet – es ist nicht wahrscheinlich, könnte aber doch passieren.»

Ich verbiss mir ein Lächeln.

«*Eh bien*, mein Freund, dann sagen Sie zu mir ‹Pralinenschachtel›. Einverstanden?»

«Abgemacht!»

«Immerhin war es eine Erfahrung!», sagte Poirot nachdenklich. «Ich, der ich derzeit fraglos das schärfste Gehirn in Europa habe, kann es mir leisten, großmütig zu sein!»

«Pralinenschachtel», flüsterte ich sanft.

«*Pardon, mon ami?*»

Ich blickte in Poirots unschuldiges Gesicht, als er sich fragend vorbeugte, und mein Herz tat einen Sprung. Ich hatte oft durch ihn gelitten, doch auch ich konnte es mir leisten, großmütig zu sein, wiewohl ich nicht das schärfste Gehirn Europas besaß.

«Nichts!», log ich, zündete mir eine neue Pfeife an und lächelte vor mich hin.

The Tragedy at Marsdon Manor

I had been called away from town for a few days, and on my return found Poirot in the act of strapping up his small valise.

"*À la bonne heure*, Hastings, I feared you would not have returned in time to accompany me."

"You are called away on a case, then?"

"Yes, though I am bound to admit that, on the face of it, the affair does not seem promising. The Northern Union Insurance Company have asked me to investigate the death of a Mr Maltravers who a few weeks ago insured his life with them for the large sum of fifty thousand pounds."

"Yes?" I said, much interested.

"There was, of course, the usual suicide clause in the policy. In the event of his committing suicide within a year the premiums would be forfeited. Mr Maltravers was duly examined by the Company's own doctor, and although he was a man slightly past the prime of life was passed as being in quite sound health. However, on Wednesday last – the day before yesterday – the body of Mr Maltravers was found in the grounds of his house in Essex, Marsdon Manor, and the cause of his death is described as some kind of internal haemorrhage. That in itself would be nothing remarkable, but sinister rumours as to Mr Maltravers' financial position have been in the air of late, and the Northern Union have ascertained beyond any possible doubt that the deceased gentleman stood upon the verge of bankruptcy. Now

Die Tragödie von Marsdon Manor

Ich hatte London für einige Tage verlassen müssen und traf bei meiner Rückkehr Poirot an, der gerade sein Köfferchen packte.

«*À la bonne heure*, Hastings, ich fürchtete schon, Sie wären nicht rechtzeitig zurück, um mich zu begleiten.»

«Sie müssen demnach wegen eines Falles weg?»

«Ja, wenngleich ich zugeben muss, dass die Sache auf den ersten Blick nicht unbedingt vielversprechend aussieht. Die Versicherungsgesellschaft ‹Northern Union› hat mich gebeten, den Tod eines gewissen Mr Maltravers zu untersuchen, der vor ein paar Wochen bei ihr eine Lebensversicherung über die beträchtliche Summe von fünfzigtausend Pfund abgeschlossen hat.»

«Ja?», fragte ich höchst interessiert.

«In der Police war natürlich die übliche Selbstmordklausel enthalten. Falls er innerhalb eines Jahres Selbstmord verübte, würden die Prämien verfallen. Mr Maltravers wurde vom eigenen Versicherungsarzt vorschriftsmäßig untersucht, und obwohl er ein Mann war, der die Blüte seiner Jahre leicht überschritten hatte, wurde er für durchaus gesund befunden. Aber am vergangenen Mittwoch, also vorgestern, wurde Mr Maltravers' Leiche auf dem Grundstück seines Herrenhauses in Essex, Marsdon Manor, entdeckt, und als Todesursache wird eine Form von innerer Blutung festgestellt. Das wäre an sich nichts Außergewöhnliches, doch sind seit einiger Zeit Gerüchte über Mr Maltravers' finanzielle Lage im Umlauf, und die ‹Northern Union› hat sich Gewissheit verschafft, dass der Verstorbene zweifellos vor dem Bankrott stand. Und das ändert die Sachlage beträchtlich.

that alters matters considerably. Maltravers had a beautiful young wife, and it is suggested that he got together all the ready money he could for the purpose of paying the premiums on a life insurance for his wife's benefit, and then committed suicide. Such a thing is not uncommon. In any case, my friend Alfred Wright, who is a director of the Northern Union, has asked me to investigate the facts of the case, but, as I told him, I am not very hopeful of success. If the cause of the death had been heart failure, I should have been more sanguine. Heart failure may always be translated as the inability of the local GP to discover what his patient really did die of, but a haemorrhage seems fairly definite. Still, we can but make some necessary inquiries. Five minutes to pack your bag, Hastings, and we will take a taxi to Liverpool Street."

About an hour later, we alighted from a Great Eastern train at the little station of Marsdon Leigh. Inquiries at the station yielded the information that Marsdon Manor was about a mile distant. Poirot decided to walk, and we betook ourselves along the main street.

"What is our plan of campaign?" I asked.

"First I will call upon the doctor. I have ascertained that there is only one doctor in Marsdon Leigh, Dr Ralph Bernard. Ah, here we are at his house."

The house in question was a kind of superior cottage, standing back a little from the road. A brass plate on the gate bore the doctor's name. We passed up the path and rang the bell.

We proved to be fortunate in our call. It was the doctor's consulting hour, and for the moment there

Maltravers hatte eine schöne junge Frau; es wird gemunkelt, er habe alles verfügbare Bargeld zusammengekratzt, um die Prämien für eine Lebensversicherung zugunsten seiner Frau zu bezahlen; dann habe er Selbstmord verübt. So etwas ist nicht ungewöhnlich. Jedenfalls hat mich mein Freund Alfred Wright, einer der Direktoren von ‹Northern Union›, gebeten, den Sachverhalt zu ermitteln; ich sagte ihm allerdings, dass ich die Erfolgsaussichten nicht für sehr groß hielte. Hätte die Todesursache Herzversagen gelautet, wäre ich zuversichtlicher gewesen. Herzversagen lässt sich immer dahingehend auslegen, dass der Allgemeinmediziner vor Ort unfähig ist, herauszufinden, woran der Patient tatsächlich starb, doch ein Blutsturz ist wohl ziemlich eindeutig. Immerhin lohnt es sich wohl, ein wenig nachzuforschen. Fünf Minuten zum Kofferpacken, Hastings, und dann nehmen wir ein Taxi zur Liverpool Street.»

Etwa eine Stunde später stiegen wir auf dem kleinen Bahnhof von Marsdon Leigh aus dem Zug der «Great Eastern Line» aus. Erkundigungen am Bahnhof ergaben, dass Marsdon Manor ungefähr eine Meile entfernt sei. Poirot beschloss, zu Fuß zu gehen, und wir machten uns auf den Weg und folgten der Hauptstraße.

«Wie wollen wir vorgehen?», fragte ich.

«Zuerst möchte ich den Arzt aufsuchen. Ich habe mich vergewissert, dass es in Marsdon Leigh nur einen einzigen gibt, Dr. Ralph Bernard. Oh, hier sind wir ja schon an seinem Haus.»

Besagtes Haus war eine bessere Art von Landhaus, etwas abseits der Straße. Auf einem Messingschild am Tor stand der Name des Arztes. Wir nahmen den Weg zum Haus hinauf und klingelten.

Mit unserem Besuch hatten wir Glück. Der Arzt hatte gerade Sprechstunde, und im Augenblick waren keine Patienten

were no patients waiting for him. Dr Bernard was an elderly man, high-shouldered and stooping, with a pleasant vagueness of manner.

Poirot introduced himself and explained the purpose of our visit, adding that Insurance Companies were bound to investigate fully in a case of this kind.

"Of course, of course," said Dr Bernard vaguely. "I suppose, as he was such a rich man, his life was insured for a big sum?"

"You consider him a rich man, doctor?"

The doctor looked rather surprised.

"Was he not? He kept two cars, you know, and Marsdon Manor is a pretty big place to keep up, although I believe he bought it very cheap."

"I understand that he had had considerable losses of late," said Poirot, watching the doctor narrowly.

The latter, however, merely shook his head sadly.

"Is that so? Indeed. It is fortunate for his wife, then, that there is this life insurance. A very beautiful and charming young creature, but terribly unstrung by this sad catastrophe. A mass of nerves, poor thing. I have tried to spare her all I can, but of course the shock was bound to be considerable."

"You had been attending Mr Maltravers recently?"

"My dear sir, I never attended him."

"What?"

"I understand Mr Maltravers was a Christian Scientist – or something of that kind."

"But you examined the body?"

"Certainly. I was fetched by one of the under-gardeners."

"And the cause of death was clear?"

da. Dr. Bernard, ein älterer Herr mit hochgezogenen Schultern und gebeugter Haltung, wirkte auf angenehme Weise umgänglich.

Poirot stellte sich vor und erklärte den Zweck unseres Besuches; er fügte hinzu, dass Versicherungsgesellschaften verpflichtet seien, in einem solchen Fall gründlich zu ermitteln.

«Selbstverständlich», sagte Dr. Bernard unverbindlich. «Vermutlich hatte er, da er so reich war, eine hohe Lebensversicherung abgeschlossen.»

«Sie halten ihn für reich, Herr Doktor?»

Der Arzt machte ein erstauntes Gesicht.

«War er's nicht? Er leistete sich zwei Autos, wissen Sie, und Marsdon Manor ist ein ziemlich weitläufiger Wohnsitz, der erhalten sein will, wenngleich ich glaube, dass er ihn sehr günstig erworben hat.»

«Ich hörte, er habe in letzter Zeit beträchtliche Verluste erlitten», sagte Poirot und beobachtete den Arzt genau.

Der Arzt schüttelte aber nur bedrückt den Kopf.

«So, so? Aha. Dann ist es ja ein Glück für seine Frau, dass diese Lebensversicherung vorhanden ist. Ein sehr schönes und reizendes junges Geschöpf, doch durch dieses furchtbare Unglück sehr mitgenommen. Ein Nervenbündel, die Arme. Ich habe versucht, sie so weit wie möglich zu schonen, aber der Schock hat ihr natürlich gewaltig zugesetzt.»

«Hatten Sie Mr Maltravers in jüngster Zeit behandelt?»

«Werter Herr, ich habe ihn nie behandelt.»

«Wie bitte?»

«Mr Maltravers soll Anhänger der Christian Scientists gewesen sein – oder etwas in dieser Richtung.»

«Sie haben aber die Leichenschau vorgenommen?»

«Gewiss. Einer der Gartenarbeiter hat mich geholt.»

«Und die Todesursache war eindeutig?»

"Absolutely. There was blood on the lips, but most of the bleeding must have been internal."

"Was he still lying where he had been found?"

"Yes, the body had not been touched. He was lying at the edge of a small plantation. He had evidently been out shooting rooks, a small rook rifle lay beside him. The haemorrhage must have occurred quite suddenly. Gastric ulcer, without a doubt."

"No question of his having been shot, eh?"

"My dear sir!"

"I demand pardon," said Poirot humbly. "But, if my memory is not at fault, in the case of a recent murder, the doctor first gave a verdict of heart failure – altering it when the local constable pointed out that there was a bullet wound through the head!"

"You will not find any bullet wounds on the body of Mr Maltravers," said Dr Bernard dryly. "Now gentlemen, if there is nothing further –"

We took the hint.

"Good morning, and many thanks to you, doctor, for so kindly answering our questions. By the way, you saw no need for an autopsy?"

"Certainly not." The doctor became quite apoplectic. "The cause of death was clear, and in my profession we see no need to distress unduly the relatives of a dead patient."

And, turning, the doctor slammed the door sharply in our faces.

"And what do you think of Dr Bernard, Hastings?" inquired Poirot, as we proceeded on our way to the Manor.

"Rather an old ass."

"Exactly. Your judgements of character are always profound, my friend."

I glanced at him uneasily, but he seemed perfectly

«Ganz eindeutig. Seine Lippen waren blutig, doch es müssen hauptsächlich innere Blutungen gewesen sein.»

«Lag er noch dort, wo man ihn gefunden hatte?»

«Ja, die Leiche war nicht angerührt worden. Der Mann lag am Rand einer kleinen Schonung. Offensichtlich war er draußen gewesen, um Saatkrähen zu schießen; eine kleine Vogelflinte lag neben ihm. Der Blutsturz muss ganz plötzlich erfolgt sein. Magengeschwür, zweifellos.»

«Ausgeschlossen also, dass er erschossen worden ist, hm?»

«Aber ich bitte Sie!»

«Entschuldigen Sie», sagte Poirot bescheiden. «Doch wenn mir mein Gedächtnis keinen Streich spielt, stellte in einem Mordfall jüngeren Datums der Arzt zuerst Herzversagen fest – und änderte den Befund, als der Ortspolizist auf eine Schusswunde am Kopf hinwies!»

«Sie werden an der Leiche von Mr Maltravers keine Schusswunden finden», bemerkte Dr. Bernard trocken. «Nun, meine Herren, wenn es sonst nichts gibt …»

Wir verstanden den Hinweis.

«Auf Wiedersehen und herzlichen Dank, Herr Doktor, dass Sie unsere Fragen so freundlich beantwortet haben. Übrigens, eine Obduktion hielten Sie nicht für erforderlich?»

«Sicher nicht.» Der Arzt lief rot an, als wäre er einem Schlaganfall nahe. «Die Todesursache war eindeutig, und in meinem Beruf vermeidet man alles, um die Angehörigen eines Toten nicht unnötig zu quälen.»

Er drehte sich um und knallte uns die Tür vor der Nase zu.

«Und, was halten Sie von Dr. Bernard, Hastings?», fragte Poirot, als wir unseren Weg zum Herrenhaus fortsetzten.

«Ein ziemlich alter Esel.»

«Genau. Ihre Charakterbeurteilungen, mein Freund, sind stets gründlich.»

Verlegen warf ich ihm einen misstrauischen Blick zu, doch

serious. A twinkle, however, came into his eye, and he added slyly:

"That is to say, where there is no question of a beautiful woman!"

I looked at him coldly.

On our arrival at the manor house, the door was opened to us by a middle-aged parlourmaid. Poirot handed her his card, and a letter from the Insurance Company for Mrs Maltravers. She showed us into a small morning room, and retired to tell her mistress. About ten minutes elapsed, and then the door opened, and a slender figure in widow's weeds stood upon the threshold.

"Monsieur Poirot?" she faltered.

"Madame!" Poirot sprang gallantly to his feet and hastened towards her. "I cannot tell you how I regret to derange you in this way. But what will you? *Les affaires* – they know no mercy."

Mrs Maltravers permitted him to lead her to a chair. Her eyes were red with weeping, but the temporary disfigurement could not conceal her extraordinary beauty. She was about twenty-seven or -eight, and very fair, with large blue eyes and a pretty pouting mouth.

"It is something about my husband's insurance, is it? But must I be bothered *now* – so soon?"

"Courage, my dear madame. Courage! You see, your late husband insured his life for rather a large sum, and in such a case the Company always has to satisfy itself as to a few details. They have empowered me to act for them. You can rest assured that I will do all in my power to render the matter not too unpleasant for you. Will you recount to me briefly the sad events of Wednesday?"

er schien es durchaus ernst zu meinen. Es schlich sich allerdings ein Zwinkern in seine Augen, und verschmitzt fügte er hinzu:

«Das heißt, solange da keine schöne Frau im Spiel ist!»

Ich sah ihn abweisend an.

Bei unserer Ankunft im Herrenhaus wurden wir von einem Hausmädchen mittleren Alters eingelassen. Poirot überreichte seine Visitenkarte und einen Brief der Versicherung für Mrs Maltravers. Das Hausmädchen führte uns in ein kleines Frühstückszimmer und verschwand, um die Dame des Hauses zu verständigen. Es verstrichen etwa zehn Minuten, dann ging die Tür auf, und eine schlanke Gestalt in Trauerkleidung erschien auf der Schwelle.

«Monsieur Poirot?», fragte sie zögernd.

«Madame!» Poirot sprang höflich auf und eilte ihr entgegen. «Ich kann Ihnen gar nicht sagen, wie sehr ich bedaure, Sie auf diese Weise zu behelligen. Aber was lässt sich machen? *Les affaires* – sie kennen keine Gnade.»

Mrs Maltravers ließ sich von ihm zu einem Stuhl führen. Ihre Augen waren vom Weinen rot, doch diese zeitweilige Entstellung konnte ihrer außerordentlichen Schönheit keinen Abbruch tun. Die Frau war etwa sieben- oder achtundzwanzig, sehr blond, hatte große blaue Augen und einen hübschen Schmollmund.

«Es geht irgendwie um die Versicherung meines Mannes, nicht wahr? Aber muss man mich *jetzt* damit belästigen – so bald?»

«Aber ich bitte Sie, liebe gnädige Frau. Nur Mut! Sehen Sie, Ihr verstorbener Gatte hat eine ziemlich hohe Lebensversicherung abgeschlossen, und in einem solchen Fall muss sich eine Gesellschaft stets der genauen Umstände vergewissern. Sie hat mich beauftragt, für sie tätig zu werden. Sie können darauf vertrauen, dass ich alles in meiner Macht Stehende tun werde, um die Angelegenheit für Sie nicht allzu unangenehm zu machen. Wollen Sie mir kurz die traurigen Vorgänge vom Mittwoch schildern?»

"I was changing for tea when my maid came up – one of the gardeners had just run to the house. He had found –"

Her voice trailed away. Poirot pressed her hand sympathetically.

"I comprehend. Enough! You had seen your husband earlier in the afternoon?"

"Not since lunch. I had walked down to the village for some stamps, and I believe he was out pottering round the grounds."

"Shooting rooks, eh?"

"Yes, he usually took his little rook rifle with him, and I heard one or two shots in the distance."

"Where is this little rook rifle now?"

"In the hall, I think."

She led the way out of the room and found and handed the little weapon to Poirot, who examined it cursorily.

"Two shots fired, I see," he observed, as he handed it back. "And now, madame, if I might see –"

He paused delicately.

"The servant shall take you," she murmured, averting her head.

The parlourmaid, summoned, led Poirot upstairs. I remained with the lovely and unfortunate woman. It was hard to know whether to speak or remain silent. I essayed one or two general reflections to which she responded absently, and in a very few minutes Poirot rejoined us.

"I thank you for all your courtesy, madame. I do not think you need be troubled any further with this matter. By the way, do you know anything of your husband's financial position?"

«Ich zog mich gerade zur Teestunde um, als mein Mädchen heraufkam – einer der Gärtnergehilfen war soeben zum Haus gelaufen. Er hatte ihn gefunden ...»

Ihre Stimme versagte. Poirot drückte ihr mitfühlend die Hand.

«Ich verstehe. Das genügt. Hatten Sie Ihren Gatten früher am Nachmittag gesehen?»

«Seit dem Mittagessen nicht mehr. Ich war ins Dorf hinuntergegangen, um ein paar Briefmarken zu besorgen, und ich glaube, dass er irgendwo auf dem Grundstück unterwegs war.»

«Um Saatkrähen zu schießen, hm?»

«Ja. Gewöhnlich nahm er dazu seine kleine Flinte mit, und in der Ferne hörte ich auch ein oder zwei Schüsse.»

«Wo ist diese kleine Flinte jetzt?»

«In der Halle, denke ich.»

Sie führte uns aus dem Zimmer hinaus, fand die kleine Waffe und händigte sie Poirot aus, der sie flüchtig untersuchte.

«Zwei Schüsse abgegeben, ganz richtig», bemerkte er, als er das Gewehr zurückgab. «Und nun, Madame, wenn ich ... sehen könnte.»

Feinfühlig hielt er inne.

«Das Mädchen wird Sie hinführen», murmelte sie und wandte den Kopf ab.

Das herbeigerufene Hausmädchen führte Poirot ins obere Stockwerk. Ich blieb bei der reizenden unglücklichen Frau zurück. Es war schwer zu erkennen, ob ich reden oder lieber schweigen sollte. Ich setzte zu ein, zwei allgemeinen Betrachtungen an, auf die sie zerstreut antwortete, und schon in wenigen Minuten war Poirot wieder zurück.

«Ich danke Ihnen für Ihre Gefälligkeit, Madame. Ich glaube nicht, dass Sie mit dieser Sache noch weiter befasst werden müssen. Wissen Sie übrigens etwas über die finanzielle Lage Ihres Gatten?»

She shook her head.

"Nothing whatever. I am very stupid over business things."

"I see. Then you can give us no clue as to why he suddenly decided to insure his life? He had not done so previously, I understand."

"Well, we had only been married a little over a year. But, as to why he insured his life, it was because he had absolutely made up his mind that he would not live long. He had a strong premonition of his own death. I gather that he had had one haemorrhage already, and that he knew that another one would prove fatal. I tried to dispel these gloomy fears of his, but without avail. Alas, he was only too right!"

Tears in her eyes, she bade us a dignified farewell. Poirot made a characteristic gesture as we walked down the drive together.

"*Eh bien*, that is that! Back to London, my friend, there appears to be no mouse in this mouse-hole. And yet —"

"Yet what?"

"A slight discrepancy, that is all! You noticed it? You did not? Still, life is full of discrepancies, and assuredly the man cannot have taken his life — there is no poison that would fill his mouth with blood. No, no, I must resign myself to the fact that all here is clear and above board — but who is this?"

A tall young man was striding up the drive towards us. He passed us without making any sign, but I noted that he was not ill-looking, with a lean, deeply-bronzed face that spoke of life in a tropic clime. A gardener who was sweeping up leaves

Sie schüttelte den Kopf.

«Überhaupt nichts. In geschäftlichen Dingen bin ich äußerst unbedarft.»

«Ich verstehe. Dann können Sie uns keinen Hinweis geben, warum er sich auf einmal dafür entschied, eine Lebensversicherung abzuschließen? Soviel ich weiß hatte er vorher nie daran gedacht.»

«Nun, wir waren erst seit etwas über einem Jahr verheiratet. Die Lebensversicherung aber schloss er ab, weil er der festen Überzeugung war, er würde nicht lange leben. Er hatte eine starke Vorahnung seines Todes. Ich nehme an, dass er schon einmal einen Blutsturz gehabt hatte und dass er wusste, ein weiterer würde tödlich enden. Ich versuchte seine düsteren Gedanken zu verscheuchen, aber vergebens. Und leider behielt er nur allzu recht!»

Mit Tränen in den Augen verabschiedete sie uns würdevoll. Poirot machte eine typische Handbewegung, als wir zusammen die Auffahrt hinuntergingen.

«*Eh bien*, das wäre erledigt! Zurück nach London, mein Freund, in diesem Mauseloch scheint keine Maus zu stecken. Und doch ...»

«Und doch was?»

«Ein geringfügiger Widerspruch, das ist alles! Haben Sie ihn bemerkt? Nein? Und doch ist das Leben voller Widersprüche, und ganz sicher kann sich der Mann nicht das Leben genommen haben – es gibt kein Gift, das seinen Mund mit Blut füllen würde. Nein, nein, ich muss mich mit der Tatsache abfinden, dass hier alles klar und einwandfrei ist – doch wen haben wir da?»

Ein großer junger Mann schritt die Auffahrt herauf uns entgegen. Er ging grußlos an uns vorüber, doch mir fiel auf, dass er recht gut aussah. Sein hageres, tief gebräuntes Gesicht zeugte davon, dass er in einem tropischen Land lebte. Ein Gärtner, der gerade dabei war, Laub zusammenzukehren,

had paused for a minute in his task, and Poirot ran quickly up to him.

"Tell me, I pray you, who is that gentleman? Do you know him?"

"I don't remember his name, sir, though I did hear it. He was staying down here last week for a night. Tuesday, it was."

"Quick, *mon ami*, let us follow him."

We hastened up the drive after the retreating figure. A glimpse of a black-robed figure on the terrace at the side of the house, and our quarry swerved and we after him, so that we were witnesses of the meeting.

Mrs Maltravers almost staggered where she stood, and her face blanched noticeably.

"You," she gasped. "I thought you were on the sea – on your way to East Africa?"

"I got some news from my lawyers that detained me," explained the young man. "My old uncle in Scotland died unexpectedly and left the some money. Under the circumstances I thought it better to cancel my passage. Then I saw this bad news in the paper and I came down to see if there was anything I could do. You'll want someone to look after things for you a bit perhaps."

At that moment they became aware of our presence. Poirot stepped forward, and with many apologies explained that he had left his stick in the hall. Rather reluctantly, it seemed to me, Mrs Maltravers made the necessary introduction.

"Monsieur Poirot, Captain Black."

A few minutes' chat ensued, in the course of which Poirot elicited the fact that Captain Black was putting up at the Anchor Inn. The missing stick not

hatte seine Arbeit einen Augenblick lang unterbrochen, und Poirot lief rasch auf ihn zu.

«Sagen Sie mir, bitte, wer ist dieser Herr? Kennen Sie ihn?»

«Mir fällt sein Name nicht ein, Sir, wiewohl ich ihn schon gehört habe. Er verbrachte vergangene Woche einen Abend hier. Am Dienstag, glaube ich, war's.»

«Schnell, *mon ami*, folgen wir ihm!»

Wir eilten die Auffahrt hinauf hinter der entschwindenden Gestalt her. Ein flüchtiger Blick auf eine schwarz gekleidete Person an der Seite des Hauses, und unser Mann bog plötzlich ab; wir folgten ihm und wurden Zeugen der Begegnung.

Mrs Maltravers taumelte beinahe und erbleichte auffallend.

«Sie», stammelte sie. «Ich dachte, Sie wären auf See – auf dem Weg nach Ostafrika.»

«Ich bekam Post von meinen Anwälten, die mich aufgehalten hat», erklärte der junge Mann. «Mein alter Onkel in Schottland starb unerwartet und hinterließ mir etwas Geld. Unter diesen Umständen hielt ich es für besser, meine Überfahrt zu stornieren. Dann sah ich diese schlimme Nachricht in der Zeitung, und ich kam hierher, um zu sehen, ob ich etwas für Sie tun könnte. Sie werden vielleicht jemanden brauchen, der sich ein wenig um Ihre Angelegenheiten kümmert.»

In diesem Augenblick bemerkten sie unsere Anwesenheit. Poirot trat vor und erklärte, sich vielmals entschuldigend, er habe seinen Stock in der Halle stehenlassen. Ziemlich widerwillig, wie mir schien, übernahm es Mrs Maltravers notgedrungen, uns vorzustellen.

«Monsieur Poirot, Captain Black.»

Wir unterhielten uns ein paar Minuten, und Poirot fand heraus, dass Captain Black im Gasthof «Anker» abgestiegen war. Da sich der vermisste Stock nicht fand (was keine Über-

having been discovered (which was not surprising), Poirot uttered more apologies and we withdrew.

We returned to the village at a great pace, and Poirot made a beeline for the Anchor Inn.

"Here we establish ourselves until our friend the Captain returns," he explained. "You noticed that I emphasized the point that we were returning to London by the first train? Possibly you thought I meant it. But no – you observed Mrs Maltravers' face when she caught sight of this young Black? She was clearly taken aback, and he – *eh bien*, he was very devoted, did you not think so? And he was here on Tuesday night – the day before Mr Maltravers died. We must investigate the doings of Captain Black, Hastings."

In about half an hour we espied our quarry approaching the inn. Poirot went out and accosted him and presently brought him up to the room we had engaged.

"I have been telling Captain Black of the mission which brings us here," he explained. "You can understand, *monsieur le capitaine*, that I am anxious to arrive at Mr Maltravers' state of mind immediately before his death, and that at the same time I do not wish to distress Mrs Maltravers unduly by asking her painful questions. Now, you were here just before the occurrence, and can give us equally valuable information."

"I'll do anything I can to help you, I'm sure," replied the young soldier; "but I'm afraid I didn't notice anything out of the ordinary. You see, although Maltravers was an old friend of my people's, I didn't know him very well myself."

"You came down – when?"

raschung war), brachte Poirot einige Entschuldigungen vor, und wir entfernten uns.

Wir kehrten geschwind ins Dorf zurück, und Poirot strebte auf dem kürzesten Weg dem Gasthof «Anker» zu.

«Hier richten wir uns ein, bis unser Freund, der Captain, zurückkommt», erklärte er. «Sie haben doch wohl bemerkt, dass ich mit Nachdruck verkündete, wir würden mit dem ersten Zug nach London zurückkehren? Vielleicht dachten Sie, ich hätte das vorgehabt. Aber nein – haben Sie Mrs Maltravers' Miene beachtet, als sie diesen jungen Black erblickte? Sie war sichtlich aus der Fassung gebracht, und er – *eh bien*, er war ihr sehr zugetan, hatten Sie nicht diesen Eindruck? Und er war am Dienstagabend hier – dem Tag, ehe Mr Maltravers starb. Hastings, wir müssen untersuchen, was Captain Black treibt.»

Nach ungefähr einer halben Stunde erspähten wir, wie unser Opfer sich dem Gasthof näherte. Poirot ging hinaus, sprach den Captain vertraulich an und führte ihn gleich in das Zimmer hinauf, das wir angemietet hatten.

«Ich habe Captain Black soeben von dem Auftrag erzählt, der uns hierher führt», erklärte er. «Sie können verstehen, *Monsieur le Capitaine*, dass mir viel daran liegt, herauszufinden, wie es um Mr Maltravers' Gemütszustand unmittelbar vor seinem Tod bestellt war, und dass ich gleichzeitig Mrs Maltravers nicht ungebührlich mit quälenden Fragen behelligen möchte. Sie waren ja unmittelbar vor dem Ereignis hier und können uns ebenso wertvolle Auskunft geben.»

«Ich will natürlich alles in meinen Kräften Stehende tun, um Ihnen behilflich zu sein», erwiderte der junge Offizier; «doch ich fürchte, mir ist nichts Ungewöhnliches aufgefallen. Sehen Sie, wenn Mr Maltravers auch ein alter Freund meiner Familie war – ich selbst habe ihn nicht sehr gut gekannt.»

«Sie kamen hierher – wann?»

"Tuesday afternoon. I went up to town early Wednesday morning, as my boat sailed from Tilbury about twelve o'clock. But some news I got made me alter my plans, as I dare say you heard me explain to Mrs Maltravers."

"You were returning to East Africa, I understand?"

"Yes. I've been out there ever since the War – a great country."

"Exactly. Now what was the talk about at dinner on Tuesday night?"

"Oh, I don't know. The usual odd topics. Maltravers asked after my people, and then we discussed the question of German reparations, and then Mr Maltravers asked a lot of questions about East Africa, and I told them one or two yarns, that's about all, I think."

"Thank you."

Poirot was silent for a moment; then he said gently: "With your permission, I should like to try a little experiment. You have told us all that your conscious self knows, I want now to question your subconscious self."

"Psychoanalysis, what?" said Black, with visible alarm.

"Oh, no," said Poirot reassuringly. "You see, it is like this, I give you a word, you answer with another, and so on. Any word, the first you think of. Shall we begin?"

"All right," said Black slowly, but he looked uneasy.

"Note down the words, please, Hastings," said Poirot. Then he took from his pocket his big turnip-

«Am Dienstagnachmittag. Nach London fuhr ich am frühen Morgen des Mittwoch, da mein Schiff um etwa zwölf Uhr von Tilbury abgehen sollte. Doch gewisse Nachrichten, die ich erhielt, veranlassten mich, meine Pläne zu ändern. Sie haben ja wohl mitgehört, als ich es Mrs Maltravers darlegte.»

«Sie waren im Begriff, nach Ostafrika zurückzureisen, habe ich das richtig verstanden?»

«Ja. Ich bin schon seit dem Krieg dort – ein großartiges Land.»

«Gewiss. Nun, worüber unterhielt man sich beim Dinner am Dienstagabend?»

«Oh, ich weiß nicht. Über dieses und jenes, das Übliche. Maltravers erkundigte sich nach meinen Angehörigen, wir erörterten die Frage deutscher Wiedergutmachungszahlungen, und dann stellte mir Mr Maltravers eine Menge Fragen über Ostafrika, und ich erzählte ihm die eine oder andere Anekdote. Das ist so ungefähr alles, glaube ich.»

«Ich danke Ihnen.»

Poirot schwieg einen Augenblick lang und sagte dann freundlich: «Wenn Sie gestatten, würde ich gerne einen kleinen Versuch anstellen. Sie haben alles erzählt, was Ihr bewusstes Ich weiß, ich würde nun gern Ihr Unterbewusstsein befragen.»

«Psychoanalyse, oder was?», fragte Black, sichtlich beunruhigt.

«Oh, nein», sagte Poirot beschwichtigend. «Schauen Sie, es geht so: Ich gebe Ihnen ein Stichwort, Sie antworten mit einem anderen und so fort. Einem beliebigen Wort, dem ersten, das Ihnen einfällt. Sollen wir anfangen?»

«Na gut», sagte Black, doch er blickte verlegen drein.

«Schreiben Sie bitte die Wörter auf, Hastings», sagte Poirot. Dann nahm er seine große, plumpe Uhr aus der

faced watch and laid it on the table beside him. "We will commence. Day."

There was a moment's pause, and then Black replied:

"*Night.*"

As Poirot proceeded, his answers came quicker.

"Name," said Poirot.

"*Place.*"

"Bernard."

"*Shaw.*"

"Tuesday."

"*Dinner.*"

"Journey."

"*Ship.*"

"Country."

"*Uganda.*"

"Story."

"*Lions.*"

"Rook Rifle."

"*Farm.*"

"Shot."

"*Suicide.*"

"Elephant."

"*Tusks.*"

"Money."

"*Lawyers.*"

"Thank you, Captain Black. Perhaps you could spare me a few minutes in about half an hour's time?"

"Certainly." The young soldier looked at him curiously and wiped his brow as he got up.

"And now, Hastings," said Poirot, smiling at me as the door closed behind him. "You see it all, do you not?"

Tasche und legte sie neben sich auf den Tisch. «Wir wollen anfangen. Tag.»

Hier entstand für einen Augenblick eine Pause, dann erwiderte Black:

«*Nacht.*»

Als Poirot fortfuhr, kamen die Antworten rascher.

«Name», sagte Poirot.

«*Ort.*»

«Bernard.»

«*Shaw.*»

«Dienstag.»

«*Dinner.*»

«Reise.»

«*Schiff.*»

«Land.»

«*Uganda.*»

«Geschichte.»

«*Löwen.*»

«Vogelflinte.»

«*Gutshof.*»

«Schuss.»

«*Selbstmord.*»

«Elefant.»

«*Stoßzähne.*»

«Geld.»

«*Anwälte.*»

«Ich danke Ihnen, Captain Black. Vielleicht könnten Sie in etwa einer halben Stunde noch ein paar Minuten für mich erübrigen?»

«Gewiss.» Der junge Offizier blickte ihn fragend an und wischte sich im Aufstehen über die Stirn.

Und während sich hinter ihm die Tür schloss, lächelte Poirot mir zu und sagte: «Jetzt, Hastings, durchschauen Sie das alles, nicht wahr?»

"I don't know what you mean."

"Does that list of words tell you nothing?"

I scrutinized it, but was forced to shake my head.

"I will assist you. To begin with, Black answered well within the normal time limit, with no pauses, so we can take it that he himself has no guilty knowledge to conceal. ‹Day› to ‹Night› and ‹Place› to ‹Name› are normal associations. I began work with ‹Bernard›, which might have suggested the local doctor had he come across him at all. Evidently he had not. After our recent conversation, he gave ‹Dinner› to my ‹Tuesday›, but ‹Journey› and ‹Country› were answered by ‹Ship› and ‹Uganda›, showing clearly that it was his journey abroad that was important to him and not the one which brought him down here. ‹Story› recalls to him one of the ‹Lion› stories he told at dinner. I proceeded to ‹Rook Rifle› and he answered with the totally unexpected word ‹Farm›. When I say ‹Shot›, he answers at once ‹Suicide›. The association seems clear. A man he knows committed suicide with a rook rifle on a farm somewhere. Remember, too, that his mind is still on the stories he told at dinner, and I think you will agree that I shall not be far from the truth if I recall Captain Black and ask him to repeat the particular suicide story which he told at the dinner-table on Tuesday evening."

Black was straightforward enough over the matter.

"Yes, I did tell them that story now that I come to think of it. Chap shot himself on a farm out there. Did it with a rook rifle through the roof of the mouth, bullet lodged in the brain. Doctors were no

«Ich weiß nicht, was Sie meinen.»

«Sagt Ihnen die Liste von Wörtern nichts?»

Ich ging sie durch, musste aber den Kopf schütteln.

«Ich will Ihnen helfen. Zunächst einmal antwortete Black im angemessenen zeitlichen Rahmen, ohne Pausen, sodass wir davon ausgehen können, dass er sich keiner Schuld bewusst ist. ‹Tag› und ‹Nacht› sowie ‹Name› und ‹Ort› sind ganz geläufige Zuordnungen. Ich begann dann mit ‹Bernard› zu arbeiten, was ihn an den Arzt des Ortes hätte denken lassen müssen, wäre er ihm überhaupt begegnet. Das war offensichtlich nicht der Fall. Entsprechend unserer vorangegangenen Plauderei antwortete er auf mein Stichwort ‹Dienstag› mit ‹Dinner›, doch auf ‹Reise› und ‹Land› folgten ‹Schiff› und ‹Uganda›, was klar anzeigte, dass seine Reise in die Ferne ihm wichtig war und nicht jene, die ihn hierher geführt hatte. ‹Geschichte› erinnert ihn an eine der Löwenerzählungen, die er beim Essen zum Besten gegeben hatte. Ich fuhr fort mit ‹Vogelflinte›, und er antwortete mit dem völlig unerwarteten ‹Gutshof›. Als ich ‹Schuss› sage, antwortet er sofort ‹Selbstmord›. Die Gedankenverbindung erscheint klar. Irgendwo beging jemand, den er kennt, auf einem Gut mit einer Vogelflinte Selbstmord. Vergessen Sie nicht, dass er in Gedanken noch immer bei den Geschichten ist, die er während des Essens erzählt hatte, und Sie werden, wie ich meine, zugeben, dass ich von der Wahrheit nicht weit entfernt sein werde, wenn ich nun Captain Black wieder rufe und ihn bitte, gerade die Selbstmordgeschichte zu wiederholen, die er am Dienstagabend bei Tisch erzählt hatte.»

Black war durchaus freimütig, was diese Geschichte betraf.

«Ja, jetzt fällt's mir ein, ich habe ihnen tatsächlich diese Geschichte erzählt. Ein Kerl erschoss sich irgendwo dort unten auf einem Gutshof. Und zwar mit einer Vogelflinte. Durch das Gaumendach hindurch, die Kugel drang ins Ge-

end puzzled over it there was nothing to show except a little blood on the lips. But what – ?"

"What has it got to do with Mr Maltravers? You did not know, I see, that he was found with a rook rifle by his side."

"You mean my story suggested to him – oh, but that is awful!"

"Do not distress yourself – it would have been one way or another. Well, I must get on the telephone to London."

Poirot had a lengthy conversation over the wire, and came back thoughtful. He went off by himself in the afternoon, and it was not till seven o'clock that he announced that he could put it off no longer, but must break the news to the young widow. My sympathy had already gone out to her unreservedly. To be left penniless, and with the knowledge that her husband had killed himself to assure her future, was a hard burden for any woman to bear. I cherished a secret hope, however, that young Black might prove capable of consoling her after her first grief had passed. He evidently admired her enormously.

Our interview with the lady was painful. She refused vehemently to believe the facts that Poirot advanced, and when she was at last convinced broke down into bitter weeping. An examination of the body turned our suspicions into certainty. Poirot was very sorry for the poor lady, but, after all, he was employed by the Insurance Company, and what could he do? As he was preparing to leave he said gently to Mrs Maltravers: "Madame, you of all people should know that there are no dead!"

"What do you mean?" she faltered, her eyes growing wide.

hirn. Ärzte rätselten endlos darüber – es zeigte sich lediglich ein wenig Blut auf den Lippen. Aber was …?»

«Was das mit Mr Maltravers zu tun hat? Sehen Sie, Sie wussten doch nicht, dass man ihn mit einer Vogelflinte fand, die neben ihm lag.»

«Sie meinen, dass meine Geschichte ihm nahelegte – aber das ist ja entsetzlich!»

«Grämen Sie sich nicht – es wäre so oder so passiert. So, nun muss ich mich telefonisch mit London in Verbindung setzen.»

Poirot führte ein längeres Telefongespräch und kam nachdenklich zurück. Am Nachmittag ging er alleine weg, und es wurde sieben Uhr, als er verkündete, er könne es nicht mehr länger aufschieben, sondern müsse der jungen Witwe die Nachricht überbringen. Mein Mitgefühl war ihr schon vorbehaltlos gewiss. Mittellos zurückgelassen zu werden und mit dem Bewusstsein, ihr Gatte habe sich umgebracht, um ihre Zukunft zu sichern, war für jede Frau eine schwere Bürde. Ich hegte jedoch insgeheim die Hoffnung, der junge Black würde in der Lage sein, sie zu trösten, wenn einmal ihr erster Schmerz vorüber war. Es war offensichtlich, dass er sie sehr bewunderte.

Unsere Aussprache mit der Dame war eine Qual. Sie weigerte sich hartnäckig, die von Poirot vorgebrachten Tatsachen zu glauben, und als sie schließlich doch überzeugt war, fing sie bitterlich an zu weinen. Eine Untersuchung der Leiche ließ unsere Vermutungen zur Gewissheit werden. Poirot bedauerte die arme Frau sehr, doch schließlich stand er im Dienst der Versicherungsgesellschaft, was sollte er tun? Als er im Begriff war zu gehen, sagte er in liebenswürdigem Ton zu Mrs Maltravers: «Madame, von allen Leuten sollten gerade Sie wissen, dass die Toten nicht für immer ruhen.»

«Was wollen Sie damit sagen?», stammelte sie und riss die Augen auf.

"Have you never taken part in any spiritualistic seances? You are mediumistic, you know."

"I have been told so. But you do not believe in Spiritualism, surely?"

"Madame, I have seen some strange things. You know that they say in the village that this house is haunted?"

She nodded, and at that moment the parlourmaid announced that dinner was ready.

"Won't you just stay and have something to eat?"

We accepted gracefully, and I felt that our presence could not but help distract her a little from her own griefs.

We had just finished our soup, when there was a scream outside the door, and the sound of breaking crockery. We jumped up. The parlourmaid appeared, her hand to her heart.

"It was a man – standing in the passage."

Poirot rushed out, returning quickly.

"There is no one there."

"Isn't there, sir?" said the parlourmaid weakly. "Oh, it did give me a start!"

"But why?"

She dropped her voice to a whisper.

"I thought – I thought it was the master – it looked like 'im."

I saw Mrs Maltravers give a terrified start, and my mind flew to the old superstition that a suicide cannot rest. She thought of it too, I am sure, for a minute later, she caught Poirot's arm with a scream.

"Didn't you hear that? Those three taps on the window? That's how *he* always used to tap when he passed round the house."

«Haben Sie denn nie an spiritistischen Sitzungen teilgenommen? Sie haben doch Begabung zum Medium.»

«Das hat man mir gesagt. Aber Sie glauben sicher nicht an Spiritismus?»

«Madame, ich habe so manche seltsamen Dinge gesehen. Sie wissen doch, dass im Dorf erzählt wird, es spuke in diesem Haus?»

Sie nickte, und im selben Augenblick meldete das Hausmädchen, das Abendessen sei angerichtet.

«Wollen Sie nicht einfach zum Essen bleiben?»

Wir nahmen höflich an, und ich hoffte, unsere Anwesenheit würde dazu beitragen, sie ein wenig von ihren Sorgen abzulenken.

Wir waren eben mit der Suppe fertig, als vor der Tür ein Schrei ertönte; man hörte, wie Geschirr zu Bruch ging. Wir sprangen auf. Das Hausmädchen erschien, die Hand am Herzen.

«Da war ein Mann – er stand im Flur.»

Poirot eilte hinaus, kehrte aber rasch zurück.

«Es ist niemand da.»

«Niemand da, mein Herr?», sagte das Mädchen mit matter Stimme. «Ach, es hat mir wirklich einen Schrecken eingejagt.»

«Aber warum?»

Sie sprach jetzt im Flüsterton.

«Ich glaubte – ich glaubte, es sei der gnädige Herr – es sah genau so aus.»

Ich sah, wie Mrs Maltravers erschrocken auffuhr, und ich erinnerte mich an den alten Aberglauben, dass ein Selbstmörder nicht zur Ruhe kommen kann. Ich bin mir sicher, dass auch sie daran dachte, denn einen Augenblick später packte sie Poirot am Arm und schrie: «Haben Sie das nicht gehört? Es klopfte dreimal am Fenster? So hat er immer geklopft, wenn er ums Haus ging.»

"The ivy," I cried. "It was the ivy against the pane."

But a sort of terror was gaining on us all. The parlourmaid was obviously unstrung, and when the meal was over Mrs Maltravers besought Poirot not to go at once. She was clearly terrified to be left alone. We sat in the little morning room. The wind was getting up, and moaning round the house in an eerie fashion. Twice the door of the room came unlatched and the door slowly opened, and each time she clung to me with a terrified gasp.

"Ah, but this door, it is bewitched!" cried Poirot angrily at last. He got up and shut it once more, then turned the key in the lock. "I shall lock it, so!"

"Don't do that," she gasped. "If it should come open now –"

And even as she spoke the impossible happened. The locked door slowly swung open. I could not see into the passage from where I sat, but she and Poirot were facing it. She gave one long shriek as she turned to him.

"You saw him – there in the passage?" she cried.

He was staring down at her with a puzzled face, then shook his head.

"I saw him – my husband – you must have seen him too?"

"Madame, I saw nothing. You are not well – unstrung –"

"I am perfectly well, I – Oh, God!"

Suddenly, without warning, the lights quivered and went out. Out of the darkness came three loud raps. I could hear Mrs Maltravers moaning.

And then – I saw!

The man I had seen on the bed upstairs stood

«Der Efeu», rief ich. «Das war der Efeu, der gegen die Fensterscheibe schlug.»

Doch eine Art von Grauen erfasste uns alle. Das Hausmädchen war offensichtlich außer sich, und als die Mahlzeit vorüber war, flehte Mrs Maltravers Poirot an, nicht gleich zu gehen. Ganz offensichtlich entsetzte sie der Gedanke, allein gelassen zu werden. Wir saßen in dem kleinen Frühstückszimmer. Wind kam auf und heulte gespenstisch um das Haus. Zweimal klinkte sich die Zimmertür aus und ging langsam auf, und jedes Mal klammerte sich die Frau mit einem entsetzten Stöhnen an mich.

«Ach, diese Tür ist doch verhext!», rief Poirot schließlich zornig. Er stand auf, schloss sie noch einmal und drehte dann den Schlüssel im Schloss um. «Ich werde sie absperren, so!»

«Tun Sie das nicht», keuchte sie. «Wenn sie jetzt aufginge ...»

Und während sie noch sprach, geschah das Unmögliche. Die verschlossene Tür öffnete sich langsam. Von meinem Platz aus konnte ich nicht auf den Gang sehen, aber sie und Poirot saßen mit Blick darauf. Sie stieß einen langen Schrei aus und wandte sich ihm zu.

«Haben Sie ihn gesehen – dort im Flur?», rief sie.

Er starrte sie verdutzt an und schüttelte dann den Kopf.

«Ich habe ihn gesehen – meinen Mann; Sie müssen ihn doch auch gesehen haben?»

«Madame, ich habe nichts gesehen. Ihnen ist unwohl – überreizte Nerven ...»

«Ich fühle mich durchaus nicht krank, ich – oh, mein Gott!»

Plötzlich und ohne Vorwarnung begannen die Lampen zu flackern und erloschen. Aus dem Dunkel ertönten drei laute Klopfzeichen. Ich konnte hören, wie Mrs Maltravers stöhnte.

Und dann – sah ich!

Der Mann, der ein Stockwerk höher auf dem Bett gelegen

there facing us, gleaming with a faint ghostly light. There was blood on his lips, and he held his right hand out, pointing. Suddenly a brilliant light seemed to proceed from it. It passed over Poirot and me, and fell on Mrs Maltravers. I saw her white terrified face, and something else!

"My God, Poirot!" I cried. "Look at her hand, her right hand. It's all red!"

Her own eyes fell on it, and she collapsed in a heap on the floor.

"Blood," she cried hysterically. "Yes, it's blood. I killed him. I did it. He was showing me, and then I put my hand on the trigger and pressed. Save me from him – save me! He's come back!"

Her voice died away in a gurgle.

"Lights," said Poirot briskly.

The lights went on as if by magic.

"That's it," he continued. "You heard, Hastings? And you, Everett? Oh, by the way, this is Mr Everett, rather a fine member of the theatrical profession. I phoned to him this afternoon. His make-up is good, isn't it? Quite like the dead man, and with a pocket torch and the necessary phosphorescence he made the proper impression. I shouldn't touch her right hand if I were you, Hastings. Red paint marks so. When the lights went out I clasped her hand, you see. By the way, we mustn't miss our train. Inspector Japp is outside the window. A bad night – but he has been able to while away the time by tapping on the window every now and then."

"You see," continued Poirot, as we walked briskly through the wind and rain, "there was a little discrepancy. The doctor seemed to think the deceased was a Christian Scientist, and who could have given

hatte, stand uns gegenüber und schimmerte in einem schwachen gespenstischen Licht. Auf seinen Lippen war Blut, er streckte den rechten Arm aus und deutete auf etwas. Auf einmal schien von seiner Hand ein strahlendes Licht auszugehen. Es glitt über Poirot und mich hinweg und fiel auf Mrs Maltravers. Ich sah ihr bleiches, entsetztes Gesicht, und noch etwas!

«Mein Gott, Poirot!», rief ich. «Schauen Sie auf ihre Hand, die rechte Hand. Sie ist ja ganz rot.»

Auch ihr eigener Blick fiel darauf, und sie sank auf dem Boden in sich zusammen.

«Blut», schrie sie hysterisch. «Ja, es ist Blut. Ich habe ihn umgebracht. Ich hab's getan. Er zeigte es mir, und dann legte ich die Hand an den Abzug und drückte ab. Retten Sie mich vor ihm – retten Sie mich! Er ist zurückgekehrt!»

Ihre Stimme erstarb in einem Gurgeln.

«Licht!», rief Poirot energisch.

Wie von Geisterhand gingen die Lampen an.

«Wir haben's!», fuhr er fort. «Sie haben gehört, Hastings? Und Sie, Everett? Ach, das ist übrigens Mr Everett, ein recht bedeutender Theatermann. Ich rief ihn heute Nachmittag an. Seine Maske ist gut, nicht wahr? Ganz wie der Tote, und mit einer Taschenlampe und der nötigen Leuchtfarbe machte er gehörig Eindruck. Ich würde an Ihrer Stelle nicht ihre rechte Hand anfassen, Hastings. Rot färbt so ab. Als das Licht ausging, ergriff ich ihre Hand, sehen Sie. Übrigens dürfen wir unseren Zug nicht versäumen. Vor dem Fenster draußen steht Inspektor Japp. Eine schlimme Nacht – doch er hat sich die Zeit vertreiben können, indem er ab und zu ans Fenster geklopft hat.»

«Sehen Sie», fuhr Poirot fort, während wir flott durch Wind und Regen dahingingen, «es gab einen geringfügigen Widerspruch. Der Arzt hielt den Verstorbenen anscheinend für ein Mitglied der *Christian Scientists*, und

him that impression but Mrs Maltravers? But to us she represented him as being in a great state of apprehension about his own health. Again, why was she so taken aback by the reappearance of young Black? And lastly although I know that convention decrees that a woman must make a decent pretence of mourning for her husband, I do not care for such heavily-rouged eyelids! You did not observe them, Hastings? No? As I always tell you, you see nothing!

"Well, there it was. There were the two possibilities. Did Black's story suggest an ingenious method of committing suicide to Mr Maltravers, or did his other listener, the wife, see an equally ingenious method of committing murder? I inclined to the latter view. To shoot himself in the way indicated, he would probably have had to pull the trigger with his toe – or at least so I imagine. Now if Maltravers had been found with one boot off, we should almost certainly have heard of it from someone. An odd detail like that would have been remembered.

"No, as I say, I inclined to the view that it was the case of murder, not suicide, but I realized that I had not a shadow of proof in support of my theory. Hence the elaborate little comedy you saw played tonight."

"Even now I don't quite see all the details of the crime," I said.

"Let us start from the beginning. Here is a shrewd and scheming woman who, knowing of her husband's financial *débâcle* and tired of the elderly mate she had only married for his money, induces him to insure his life for a large sum, and then seeks for the means to accomplish her purpose. An ac-

wer konnte ihm jenen Eindruck vermittelt haben, wenn nicht Mrs Maltravers? Doch uns gegenüber stellte sie ihn so dar, als würde er sich um seine Gesundheit sorgen. Und ferner: Warum ist sie so aus der Fassung geraten, als der junge Black wieder erschien? Zu guter Letzt: Wiewohl ich weiß, dass der Anstand von einer Frau verlangt, sich so zu verhalten, als trauere sie um ihren Mann, habe ich nichts für derart stark rot geschminkte Augenlider übrig! Sind Ihnen die nicht aufgefallen, Hastings? Nein? Ich sage ja immer, Sie sehen nichts!

Nun, das war's. Es blieben zwei Möglichkeiten. Regte Blacks Geschichte Mr Maltravers dazu an, auf raffinierte Weise Selbstmord zu verüben, oder sah die andere Zuhörerin, seine Frau, darin eine ebenso raffinierte Vorgehensweise, um einen Mord zu begehen? Ich neigte letzterer Version zu. Um sich auf die geschilderte Art zu erschießen, hätte er den Abzug wahrscheinlich mit der Zehe betätigen müssen – oder wenigstens stelle ich mir das so vor. Hätte aber Mr Maltravers, als man ihn fand, nur *einen* Schuh angehabt, hätten wir es ziemlich sicher von jemandem erfahren. An solch ein ausgefallenes Detail hätte man sich erinnert.

Nein, wie gesagt, ich neigte zu der Ansicht, dass es sich um Mord handelte und nicht um Selbstmord, doch ich sah wohl, dass ich nicht den Schimmer eines Beweises für meine Theorie hatte. Daher die einfallsreiche Komödie, die Sie heute Abend vorgespielt bekamen.»

«Selbst jetzt durchschaue ich nicht ganz alle Einzelheiten des Verbrechens», sagte ich.

«Lassen Sie uns ganz von vorne beginnen. Hier ist eine gerissene und berechnende Frau. Da sie die missliche finanzielle Lage ihres Mannes kennt und des älteren Ehegatten, den sie nur seines Geldes wegen geheiratet hat, überdrüssig ist, redet sie ihm ein, eine hohe Lebensversicherung abzuschließen und sucht dann nach einem Weg, ihr Vorhaben in die Tat

cident gives her that – the young soldier's strange story. The next afternoon when *monsieur le capitaine*, as she thinks, is on the high seas, she and her husband are strolling round the grounds. 'What a curious story that was last night!' she observes. 'Could a man shoot himself in such a way? Do show me if it is possible!' The poor fool – he shows her. He places the end of his rifle in his mouth. She stoops down, and puts her finger on the trigger, laughing up at him. 'And now, sir,' she says saucily, 'supposing I pull the trigger?'

And then – and then, Hastings – she pulls it!"

umzusetzen. Ein Zufall weist ihn ihr – die seltsame Geschichte des jungen Offiziers. Am Nachmittag darauf, als sie *Monsieur le Capitaine* schon auf hoher See vermutet, bummelt sie mit ihrem Mann über das Grundstück. ‹Was für eine sonderbare Geschichte das doch gestern Abend war!›, bemerkt sie. ‹Könnte sich jemand auf diese Weise erschießen? Zeig mir doch, wie das möglich sein soll!› Der arme Tor – er zeigt es ihr. Er steckt das Ende seines Gewehrs in den Mund. Sie beugt sich vor, legt den Finger an den Abzug und lacht den Mann aus. ‹Und nun, mein Lieber›, sagt sie höhnisch, ‹angenommen, ich drücke ab?›

Und dann – und dann, Hastings – drückt sie ab!»

Weitere Kriminalgeschichten
von Agatha Christie finden
sich in dem Band
‹Hercule Poirot, Miss Marple and …
Three Whodunits. Drei Fälle› (dtv 9118)

Bitte fordern Sie unseren Prospekt an unter
zweisprachig@dtv.de oder besuchen Sie uns im Internet
unter www.dtv.de
Deutscher Taschenbuch Verlag
Tumblingerstraße 21
80337 München